JN173833

世界名作 ショートストーリー

ポー　黒猫

千葉茂樹［訳］

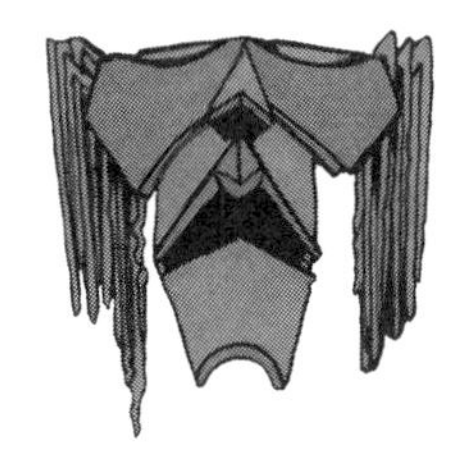

理論社

黒猫

これから書こうとしている、とんでもなく奇妙で、そのくせごくありきたりな物語を、信じてもらえるとは思いませんし、信じてほしいとお願いするつもりもありません。わたし自身、いまだに信じられないでいるのですから、信じてほしいと願うほうが無理というもの。しかし、わたしの気は確かだし、夢を見ていたわけでもないのです。どのみち、わたしは明日死ぬ身の上です。今日のうちに、魂の重荷をおろしておきたい。

わたしはいま、わが家に起きたできごとを、わかりやすく、簡潔にお伝えして、広く知っていただきたいと思っています。このできごとは、わたしを恐怖に震い上がらせ、責めさいなみ、破滅へ導きました。しかし、こと細かくは述べません。わたしにとっては、恐怖以外のなにものでもないのですが、そこいらの怪談ほどのおそろしさもないと思う人も多いでしょう。いずれ、知恵のあるどなたかが、わたしの幻想を平凡な現象だと見破ってくれるかもしれませんし、わたしなんかよりずっと知的で冷静、論理的で、みだりに興奮などしないどなたかが、わたしがこれほどおそれたできごとが、ごく自然なこととの成り行きの結果にほかならないことを見つけてくれるかもしれません。

幼いころから、わたしはおとなしくてやさしい性格でした。わたしのやさしさは、友人たちにからかわれるほど目立っていたようです。特に動物が好きで、両親にせがんでは、たくさんのペットを飼ってきました。ほとんどの時間をペットたちと過ごし、餌をやったりなでたりしているときほど幸せな時間はありませんでした。

こうした傾向は成長するにつれてますます強くなり、大人になると、ペットから得られるよろこびがわたしのいちばんのよろこびになっていました。忠実で賢い犬を愛する人たちには、そのよろこびがどのようなもので、どれほど強いものなのか、よくわかっていただけるでしょう。動物たちの無私にして自己犠牲的な愛情には、人間同士のつまらない友情や軽薄な忠誠心にいやけがさした人間の心に、直接訴えかけてくるなにかがあるのです。

わたしは若くして結婚し、妻にもわたしと共通する性格を見い出して幸せな生活を送ってきました。わたしがペットをかわいがるようすを見て、妻は機会を見つけては、ペットを手に入れるようになりました。わが家には数羽の鳥、金魚、一匹のすばらしい犬、ウサギたちと小さなサルが一匹、そして猫が一匹いました。

この猫というのが、とても大きくて美しい、全身真っ黒のおどろくほど賢い猫でした。その賢さについていえば、元々迷信に関心を持つ妻は、黒猫はみな魔女が変身したものだという古代からおなじみの迷信をしばしば持ち出すほどでした。もちろん妻は軽い冗談としていっていたわけですし、こうして書き記したのも、たまたま思い出したからにすぎないのですが。

プルートという名のこの猫は、わたしのお気に入りのペットで遊び仲間でした。餌を与えるのはわたしだけの仕事で、わたしが家にいるときにはいつもそばにひかえていました。外にまでついてこようとするのをさまたげるのもむずかしいほどだったのです。

わたしとプルートの友情は、このように数年つづきました。しかし、告白するには赤面せずにはいられないのですが、その間、わたしの気質や性格は、暴飲のせいもあって、急激に悪い方向へかたむいていきました。わたしは日に日にふさぎこみ、いらいらとし、他者への思いやりをなくしていきました。妻に悪態を浴びせるようになり、やがては、暴力をふるうように。ペットたちは、もちろん、わたしのこうした変化に気づきました。わたしは連中を無視しただけではなく、虐待するようになったのです。

とはいえ、プルートに対してだけは、虐待しようという気持ちを抑えるだけの気持ちは保っていました。一方でウサギたちやサル、犬に対しては、たまたまであれ、わたしをしたってであれ、近寄ってきたものに残酷なふるまいをしても、良心がとがめることはありませんでした。

しかし、病は高じつづけました。アルコールとは、なんとひどい病なのでしょう。ついには、老境に差しかかり、そのせいでいささか頑固になったプルートにさえ、わたしはむしゃくしゃした気持ちをぶつけるようになったのです。

ある夜、街のなじみの店でしこたま酔って帰宅したわたしは、プルートがわたしを避けようとしているような幻想を抱きました。プルートをつかまえると、わたしに乱暴されるのをおそれたのか、やつはわたしの手に牙を立てて、小さな傷を負わせました。その瞬間、わたしは逆上しました。われを忘れてしまったのです。わたしの本来の魂は体から飛び出してしまい、酒の勢いもあって、残虐きわまりない気分が全身をおおいつくします。わたしは上着のポケットからペンナイフを取り出し、刃をくり出すと、あわれな猫の喉をつかみ、その眼窩から片目をじっくりとえぐり取ってしまったのです！　こののろわしい残虐行為を書き留めるわたしの顔は赤らみ、焼けるように燃え、全身ががたがたと震えています。

一晩眠って毒気が抜けた翌朝、理性がもどってくると、わたしは自分のおかした罪に、半分はおそれ、半分は後悔の気持ちを抱きました。とはいえ、それもせいぜいが弱々しくあいまいな気分にしかすぎず、魂の深いところまで届くものではありませんでした。

わたしはまたしても酒におぼれ、この事件をすべて忘れてしまうほどワインをあおりました。

そのうち、プルートはゆっくりと回復しました。目を失ってぽっかりあいた眼窩は、それはそれはおそろしい有様でしたが、痛みに苦しんでいるようではありません。いつものように家のなかを歩きまわっているのですが、当然のことながら、わたしを目にするや、はげしくおびえて逃げ去ります。わたしにもかつての心根がすくなからず残っているので、一度はわたしを愛した動物が、これほどまでにわたしを嫌う姿を見せつけられて、最初のうちは悲しい気持ちになりました。しかし、その気持ちはやがていらだちへと変わっていきます。

そしてついに、取り返しのつかない、まともではないことをしでかすようなひねくれ根性が頭をもたげました。このひねくれ根性というものには、哲学も理屈もなにもありません。しかし、これこそが人間の根っこにある感情で、人間の性格に方向性を与えているのではないかと確信しています。さもなければ、やってはいけないという理由だけで、数々の下劣でバカげた行為に、人は手を染めたりするものでしょうか？　さもなければ、まともな判断能力を持ち、法が法であると知っていながら、わざわざそれを破りつづけるようなことをするものでしょうか？

このひねくれ根性が、わたしを破滅へと追いやったのです。自分で自分をかき乱し、本能を力ずくでおさえつけ、悪事のための悪事に手を染め、罪のない動物に傷を与えつづけ、ついには取り返しのつかないところまで突き進ませたのは、この底知れないひねくれ根性にほかならないのです。

ある朝、わたしは落ち着きはらってプルートの首に縄をかけ、木の枝につるしました。そのとき、わたしの目からは涙が滝のように流れ、これ以上ない苦い後悔の念が胸にうずまいていました。なぜなら、この猫はわたしを愛していたのですから。なぜなら、この猫はわたしを傷つけようなどとはいささかも考えていないのですから。なぜなら、猫をつるすというのは、おそろしい罪であり、わたしの不滅の魂を、最も慈悲深く、最もおそろしい神の手から遠ざけるほど危険なことだと知っていたのですから。

その残虐な行為をおこなった日の夜、わたしは火事だと叫ぶ声で目を覚ましました。わたしのベッドのカーテンは、火に包まれていました。家全体が燃えています。妻も使用人も、わたし自身も、この大火から命からがらなんとか逃げられました。わたしの全財産が炎にのまれ、わたしは絶望にうちひしがれました。

あの残虐行為がこの災難をもたらしたと考えるほど、わたしはやわではありません。ですが、事実をくわしく順番に書いていきましょう。できることなら、欠けた部分をひとつも残さないように。

火事のあった次の日、わたしは焼け落ちた家にいってみました。家の壁は、ただ一か所を残して崩れ落ちていました。その一か所というのは、家のほぼ中央、わたしのベッドの頭の部分にあった、それほど厚くはない壁です。つい最近塗ったばかりの漆喰も、ほとんどがそのまま残っていました。

この壁には人だかりがして、大勢がじっくり、熱心にながめていました。そして、口々に「奇妙だ！」とか「珍しい！」と叫ぶものですから、わたしも大いに好奇心を抱きました。近づいてみると、白い壁の表面に、まるで墓石の浮き彫りのように、巨大な猫の姿が浮かんでいました。それは、おどろくほどに精巧で、首にはロープが巻かれているのもわかりました。

なんと奇妙な現象でしょう。わたしはいいしれぬほどおどろき、おそろしくなりました。しかし、すぐに思い直します。あの猫は家の庭の木につるしたのです。火事を知らせる声に、庭はあっというまに人でいっぱいになっていました。きっとそのうちのだれかが、つるしていたロープを切って、猫を窓からあの部屋に投げ入れたのでしょう。わたしを起こそうとしてそうしたのかもしれません。そこへほかの壁が倒れてきて、わたしの残虐さの犠牲であるあの猫をおしつぶし、炎と焼死体から発したアンモニアが、塗りたての漆喰、つまり石灰の上にあの姿を焼きつけることになったのでしょう。

このおどろくべき現象は、こうしてさっさと理屈でねじふせたとはいえ、良心の呵責もあってなのか、その後、わたしの心に強い影響を与えることになります。その後何か月も、あの黒猫の幻想を取り除くことはできなかったのです。そして、その間、わたしの心を後悔ではないある感情が占めるようになりました。あの猫を失ったことが残念なあまり、そのころしょっちゅう足を運んでいた酒場あたりで、穴埋めとなる、よく似た姿の猫を探し求めるようになったのです。

ある日の夜、あるいかがわしい飲み屋で、ぼーっとすわっているとき、急にある黒い物体に気をひかれました。それは、その店最大の家具といっていいジンだかラムだかの大樽の上にのっかっています。その樽の上あたりなら、それまでも見ていたのに、とつぜん、その黒いものに気づいてはっとしました。

わたしは近寄って、この手で触れてみました。それはプルートほどもある大きな黒猫で、一か所を除いて、どこもかしこもプルートそっくりです。プルートは、体のどこにも白い部分はなかったのですが、その猫には胸全体を占める白い模様がついていました。わたしが触れると、その猫はにわかに立ち上がり、大きく喉を鳴らしてわたしの手に体をこすりつけてきます。わたしのあいさつをよろこんでいるようです。これこそ、わたしが探し求めていたものです。わたしはすぐさま店の親父にその猫を売ってくれと申し出ました。しかし、親父は、そんな猫、これまで見たことがないから、勝手にしてくれというのです。

わたしは猫をなでつづけました。そして、家に帰ろうとしたところ、あきらかにわたしについてきたそうにしました。わたしもそれを許し、家にむかうあいだ、ときどき身をかがめては軽く背中をたたいてやっていました。家に着くと、その猫はすぐにわが家に慣れ、妻のたいへんなお気に入りになったのです。

わたしはといえば、じきにこの猫への嫌悪感がわき起こってきました。予想の正反対の結果です。それがなぜなのかはさっぱりわからないのですが、猫がわたしになつけばなつくほど、わたしはいやけが差し、とまどわされました。そのいやけととまどいは、やがてゆっくりと、苦々しさと憎しみに変わっていきました。

わたしは猫を避けました。恥の意識と以前の残酷な行為の記憶が、その猫を虐待するのを避けさせようとしたのでしょう。数週間は、たたいたり、乱暴なまねをすることはありませんでした。しかし、ゆっくりと、非常にゆっくりとですが、その猫を毛嫌いするようになり、まるでたちの悪い伝染病からのがれようとするように、黙って離れるようになりました。

疑いようがないのですが、わたしがその猫を嫌うようになったのは、つれてきた次の日の朝に、その猫の片目がプルートとおなじようにえぐり取られていることに気づいたせいです。しかし、そのことで妻はさらに愛しく感じたようです。妻は以前にも書いたように、かつてはわたしのきわだった性質であり、単純で純粋なよろこびの源でもあったやさしい心根を、たっぷりと持ち合わせています。

　わたしが、この猫への嫌悪感をつのらせればつのらせるほど、猫はわたしになついてきます。猫がわたしのあとをついてくるそのしつこさは、なかなかみなさんにはわかってもらえないでしょう。わたしが腰かけると、猫はいつもわたしの椅子の足元にうずくまるか、ひざに飛び乗ってくるかして、ぞっとするほど体をすり寄せてきます。わたしが立ち上がって歩きだすと、足のあいだをすり抜けようとするので、わたしはあやうくころびそうになってしまいます。長くて鋭い爪を服に立てて、胸によじのぼろうとしたりもします。そのたびに、たたきのめしてやりたくなるのですが、一部は過去の罪の記憶から、主には、ここではじめて告白するのですが、この猫への絶対的な恐怖から、必死に自分をおさえるのでした。

　この恐怖は、なんらかの根拠があるものではありません。なんとも説明のしようがないものです。いまわたしは恥ずかしくてしかたがありません。死刑囚としてこの監獄のなかにいても、あの猫のことを思うだけでいいしれない恐怖を覚え、あの怪物がなにかしでかすのではないかと、おそろしくてたまらないのが恥ずかしいのです。

　わたしの妻は、一度ならず、わたしが殺した猫とこの奇妙な猫との大きなちがいである白い毛の模様について話しかけてきました。この模様は、大きいけれども元々はとてもぼんやりしていたのですが、ゆっくりと、ほとんど気づかないほどゆっくりと、わたしの理性が幻想だとはねつけていた長い時間のあいだに、はっきりとした輪郭を形作るようになっていました。それはぞっとするおそろしいもの、すなわち絞首台の形だったのです！　陰気で、恐怖と犯罪、苦悩と死をもたらす絞首台です！　名前を口にするのもおぞましい、なにより忌み嫌い、おそれるあの怪物を目の前から取り除きたいと思ったのは、それが理由です。

わたしは、みじめでみじめでたまりませんでした。わたしがなぶり殺した猫の同類であるこの野蛮な生き物は、高貴な神の姿に似せてつくられた人間であるこのわたしに、耐えがたい苦しみを与えるのです！

昼といい夜といい、わたしはもはや安らぎを得ることができなくなってしまいました。昼のあいだ、この猫は、ひとときもわたしをひとりにしません。夜には、ことばにできないほどおそろしい夢を見て一時間ごとに飛び起きるたび、わたしの顔に息を吹きかけ、ずしりとした体重をあずけるこの猫を目の前に見ることになるのです。それは、わたしの心臓に永遠にのしかかる悪夢が具現化したものであり、振りはらう力などわたしにはありません。

このような苦しみに押しつぶされて、わたしのなかにわずかに残っていた良心のかけらも、粉々に砕け散ってしまいました。邪悪な思いだけがわたしの友となりました。最も暗く、最も邪悪な思いです。あらゆるもの、あらゆる人間を憎むふさぎこんだ気分はいや増し、とつぜん、しかもたびたび、がむしゃらにおさえがたい怒りを爆発させるようになりました。そして、そのいちばんの犠牲者は、文句ひとついわないわたしの妻だったのです。

ある日、わたしは妻といっしょに、ちょっとした用事を果たしに、古い建物の地下室におりていきました。貧しさに追いやられるように移り住んでいた建物の地下室です。猫もわたしについて急な階段をおりてきて、あやうくわたしをまっさかさまに突き落としそうになりました。わたしは怒りを爆発させました。怒りのあまり、それまでわたしをためらわせていた子どもじみたおそれを忘れ、斧を振り上げ、猫めがけて振り下ろしました。当然、猫を殺してしまうつもりで。ところが、その一撃は、妻の手によってさまたげられたのです。じゃまされたことで、怒りはもはやおさえようがなく、妻の手から振りほどいた斧を、妻の脳天に突き立ててしまったのです。妻は、うめき声ひとつあげずに即死しました。

身の毛もよだつ殺人をおかしてしまったわたしは、すぐさま、細心の注意をはらいながら死体をかくすという仕事に取りかかりました。昼であれ夜であれ、近所の連中に見とがめられることなく、この家から持ち出すのはむずかしいでしょう。

いくつもの計画が頭のなかをうずまきました。ばらばらに切り刻んで焼いてしまおうか、いや、地下室の床を掘って、埋めてしまおう。さらには、庭の井戸に投げこんでしまおうとも。箱に詰めて、ありふれた荷物のように、なに食わぬ顔で運送業者を手配し、運び出そうかとも考えました。

そしてついに、それらのどれよりもずっとすばらしい思いつきが浮かびました。死体を地下室の壁に塗りこめてしまうことにしたのです。中世の修道士たちが、神へのいけにえを壁に塗りこめたと記録されているように。

この目的に、この地下室の壁は最適でした。壁はどの面も雑に作られていて、最近になって大雑把に漆喰が塗られていました。漆喰は湿気のせいでまだ固まっていません。そしてなにより、壁の一面にはでっぱりがあります。にせの煙突か暖炉でもあった場所が埋められたものらしく、地下室のほかの部分に似せてありました。その部分のレンガを取り除き、死体を入れ、壁を元通りにもどしてしまえば、疑わしいものはなにひとつ見えなくなるでしょう。

この計略にまちがいはありませんでした。バールを使ってレンガをやすやすと取り除き、なんの問題もなく内側の壁に死体を慎重に収めます。そしてふたたび、完璧に元通りの姿にもどしました。モルタル、砂、つなぎに使う髪を用意して、以前のものと見分けがつかないように可能な限りの注意をはらって漆喰をこね、今回積み上げたレンガの上に塗りました。

作業を終えたときには、その完璧さに満足感を覚えたほどです。その壁のどこにも、わずかでもおかしな部分はありません。床に散らばったゴミも、細心の注意をはらって拾い集めました。わたしは勝ち誇ったように地下室を見まわし、ひとりごとをいいました。「さて、これで苦労が水の泡になることはないだろう」

次にわたしがやったのは、この忌わしいできごとの原因になった猫を探すことでした。その時点でわたしは、あの猫を殺してしまおうとかたく決心していました。見つけたが最後、命はないも同然。

しかし、わたしが怒りのあまりふるった暴力におそれをなしてか、あのずる賢い動物は、怒り狂ったわたしから姿をかくすことにしたようです。なんともいいあらわしようがないのですが、あの大嫌いな生き物が姿を消したことで、わたしの胸には舞い上がりたくなるようなほっとした気持ちが生まれていました。猫は一晩中、姿を見せませんでした。おかげで、あの猫が家にやってきて以来はじめて、ようやく安心してぐっすり眠ることができました。殺人の重荷を魂に抱えながらも眠ることができたのです！

二日目になっても三日目になっても、わたしを悩ます猫はあらわれません。わたしはふたたび自由の身となって、息をすることができました。恐怖の怪物は、この家から永遠に逃げ去った！　もう二度と目にすることはないでしょう。たとえようもなく幸福でした。暗い行為による罪悪感が、わたしをかき乱すことはほとんどありません。

何度かにわたって尋問も受けましたが、やすやすと切りぬけました。捜索もおこなわれたのですが、もちろんなにも見つかりません。わたしの明るい未来は保証されたかに思えました。

妻殺しから四日目に、なんの予告もなく警察の一隊がやってきて、家に上がりこみ、ふたたび熱心で細心の捜査がおこなわれました。それでも、あのかくし場所が見つかるわけがないと、わたしはすこしも動揺していませんでした。警官隊は捜査にわたしを立ち合わせました。隅から隅まで徹底的な捜査です。すでに三、四度めになるのですが、地下室にもおりていきました。わたしは顔色ひとつ変えません。わたしの心臓は無邪気に居眠りをしているかのように静かに脈打っていました。わたしは地下室のはしからはしまで歩きました。胸の前で腕を組んで、いったりきたり。

警官はすっかり納得したのか、いまにも立ち去るところでした。わたしはうれしさのあまり、自分をおさえられません。ひとことといわずにいられなかったのです。勝ち誇ったように、わたしの無実を自信たっぷりに語りたかったのです。

「みなさんがた」階段をのぼりはじめた一行にむかって、とうとうわたしはいいました。「疑いが晴れてうれしいです。みなさんお元気で。そして、願わくば、もうすこし礼儀正しくあってほしいと思います。ときにみなさん、この家はとてもしっかり建てられているんですよ」なにかひとことといいたい一心で、自分でもなにを話しだすのかわかっていませんでした。「非常にすばらしい建築物だといってもいいでしょう。この壁は……、あれあれ、みなさんいっちゃうんですか？　ここの壁はとても頑丈なんですよ」

そして、単なる虚栄心から、手に持っていた杖で、わたしの妻の死体が眠っているまさにあのレンガのあたりを、重々しくたたいてみせました。

ああ、神よ、わたしを悪魔の牙から守りたまえ！　わたしの杖の響きが静寂に消えるかと思えたとき、墓のなかから返答があったのです！　それは鳴き声でした。最初はくぐもりかすれるような、子どものすすり泣きのようだったのですが、すぐに長くつづく大きな悲鳴へと高まっていきました。おそろしく異常で、人間のものとは思えない吠え声であり嘆きの叫び声であり、まるで地獄からきこえてくる、半分は恐怖、半分は勝利の雄叫びでした。苦悩にあえぐ喉から出た声と、地獄で歓喜する悪魔の声が入り混じったような声だったのです。

そのときのわたしの思いは、語るまでもないでしょう。わたしの意識は遠のき、反対側の壁にむかってよろめいてしまいました。階段上の警官隊は、一瞬、あまりもの恐怖に、だれも動けませんでした。しかし、次の瞬間、一ダースもの丈夫な腕が、いっせいに壁を打ちこわしにかかりました。壁はあっけなく崩れ落ちました。すでにはげしく腐敗し、血のかたまりがこびりついた死体が、まっすぐ立った状態で警官たちの前にあらわれました。

その頭の上には、真っ赤な口を大きく開け、火のように燃える目をしたあのおそろしい生き物がすわっていました。わたしをそそのかして殺人を犯させ、その声で知らせてわたしを絞首台へと送りこむあの猫が。わたしはこの墓に、あの化け物をいっしょに塗りこめてしまったのです！

週に三度の日曜日

「この石頭のうすらバカ、頑固で無神経な偏屈のおいぼれじじい！」ある日の午後、ぼくは、大伯父であるラムガジェンにむかって、こぶしを振り上げながらそう叫んだ。ただし、空想のなかで。

そう空想のなかだけ。そのとき、ぼくがいったことと、勇気がなくていいだせなかったことのあいだには、ちょっとした食いちがいがあったってことだ。心のなかの思いを実行には移せなかったってことさ。

客間のドアを開けたとき、あのおいぼれイルカはマントルピースに足をのせ、手にはポートワインの入ったグラスを持って、しきりに鼻歌をうたっていた。

さあ、空のグラスを酒で満たせ！

満たした酒を、飲み干せ！

「こんにちは、おじさん」ぼくはそっとドアをしめ、精一杯にこやかに微笑みながら、おじさんに近寄った。「いつもご親切にお気づかいいただき、ありがとうございます。ほんとうに、どれほどお世話になってきたことか。今日はただ、もう一度おじさんのお許しを確認したくてうかがったようなわけでして」

「ああそうかい！」おじさんはいった。「よくきたな！　さあつづけなさい！」

「心から尊敬するおじさん（いまいましいくそじじいめ！）が、まさかぼくとケートとの結婚に反対してるはずはありませんよね？　あれはただの冗談だってこと、わかってますよ、ハハハ！　おじさんはときどき、おもしろいことをいうんだから」

「ハハハ！　こんちくしょうめ、そうだとも！」

「もちろん、そうですよね！　冗談だってわかってましたよ。それでですね、おじさん、いまぼくとケートが望んでいるのは、おじさんのアドバイスをいただきたいってことなんです。そう、タイミングについてです。ねえ、おじさん、つまりその、ぼくたちが結婚するとしたら、おじさんにとって都合のいいのはいつなんでしょう？」

「都合だと、この悪党め！　いったいなにがいいたいんだ？　好きにすればいいだろう」

「ハハハ！　ヘヘヘ！　ヒヒヒ！　ホホホ！　フフフ！　それはいいや！　笑えますよ！　でもね、ぼくたちはちゃんと教えてほしいんです。正確にいつがいいのかを」

「ハッ！　正確にいつがいいかだと？」

「そうです、おじさん。その通りです。おじさんにとって、都合のいいときがあるのなら」

「じゃあ、ボビー、たとえば、この先一年ほどのあいだで、適当にっていうんじゃ、答えにならないのかな？　いつなんどきと、はっきりいわなきゃだめなのかい？」

「ええ、お願いします。ぜひ、はっきりと」

「よかろう。それじゃあ、かわいいボビーのためだ、正確な日にちがほしいんだな？　よし、いってやろう」

「ありがとうございます！」

「だまってききなさい」おじさんはぼくの声をかき消すようにいった。「じゃあいうぞ。結婚は許そう。それにお祝いもやらんとな。お祝いは忘れるわけにはいかんからな。さて、いつにするか。今日は日曜だな？　よし、おまえたちが結婚するのは、一週間に三度、日曜がやってきたときだ！　ちゃんときいたな！　なにをぽかんとしとるんだ。もう一度いうぞ。おまえがケートと結婚してお祝いを手にするのは、一週間のうちに三度日曜がやってきたときだ。だが、そのときがくるまでは、ぜったいにだめだ。いいな若造。そのときまでは死んでも許さん。おまえも知ってるだろうが、わたしに二言はない。さあ、とっとと失せろ！」おじさんはそういうと、グラスのポートワインを一気に飲み干した。ぼくはすごすごと部屋を出ていくしかなかった。

　古き良きイギリス紳士、というのがぼくの大伯父ラムガジェンだ。しかし、歌にうたわれるようなイギリス人紳士とはちがって、おじさんには弱点がある。小柄で小太り、もったいぶっていて情熱的、赤鼻で石頭、大金持ちで、自分が重要人物だと強く自覚している。世界一といってもいい善人ながら、とびきりのへそまがりで、上っ面しか見ない人には気むずかし屋と映るように精一杯ふるまっている。

ほかの多くのすぐれた人物同様、人をからかうのが好きで、ちょっと見には、悪意があってやっているんだと思われてしまう。どんな要求にもすぐさま「だめだ！」ということばが返ってくるのだが、たとえどんなに時間がかかろうと、最後には許すのがほとんどだ。

彼の財産をねらうあらゆる攻撃に対して、鉄壁の防御を誇っているものの、その頑固さと抵抗の強さに比例するように、結局はたいそうな金額を与えてくれるのだった。慈善事業に対しては、最悪の態度ながら、彼ほど気前よくふるまうものは、ほかにないほどだ。

芸術、とりわけ純文学を心の底から侮辱している。フランスの政治家カジミール・ペリエの影響で、ペリエのこじゃれた問いかけ「詩人などなんの役に立つのか？」を、おどけたフランス語でしょっちゅう引用したものだ。そのせいで、ぼくが芸術に関心を持っていることに気づいたおじさんは、えらくへそをまげてしまったようだ。

ある日、ぼくがホラティウスの新刊を借りたいとたのんだとき、おじさんはホラティウスのことば、「詩人は作られるものにあらず」の本当の訳文は「詩人は役に立つものにあらず」なんだといってきたので、ぼくはかんかんに腹を立ててしまった。

おじさんの「文学」嫌いは、おじさんがたまたま「自然科学」だと信じるものに的外れな好意を抱くようになって以来、一層高まっている。道ばたで見知らぬ人からいんちき医学の講演者、ダブル・L・ディー博士とまちがわれて声をかけられた、というだけのことがきっかけだったのだが。それがたまたま、これから話すできごとがあった時期と重なってしまった。

大伯父ラムガジェンは、自分の気に入っている趣味にかなうことにしか関心を持たず、おだやかでもない。それ以外の点では、おじさんはいつも手足をばたつかせて笑いとばし、そのやり口は頑固ながらわかりやすいものだった。おじさんはしょっちゅういっていた。「人間というのは法にしたがうしかないのだ」と。

ぼくはこの年老いた紳士とずっといっしょに暮らしてきた。ぼくの両親は死のまぎわに、その遺言で多額の遺産の代わりにおじさんにぼくをゆずった。この老いぼれの悪党は、ぼくのことを自分の娘のケートほどではないにしても、おなじように愛してくれたと信じている。それでも、おじさんは、結局ぼくを犬のようにあつかってきた。

生まれたときから五歳になるまで、ぼくをしょっちゅう鞭打った。五歳から十五歳までは、ぼくを少年院に送りこむとひっきりなしにおどした。十五歳から二十歳までは、一シリングもはらわずに追いはらってやると誓わない日は一日もなかった。そうぼくは、悲しい犬だった。そしてそれは、ぼくの性格として根づき、ぼくの信条になった。

ところが、ぼくとケートのあいだには、確かな友情があると確信している。とてもいい子で、パパ、つまりラムガジェンおじさんを追いこんで結婚の許しを得さえすれば、わたしもお祝い金もすべてあなたのものよ、と甘くささやいてくれた。

かわいそうに！　ケートはまだ十五歳で、この結婚の許しなしには、この先五年という果てしない年月がすぎるまで、資産のごく一部も手に入らないんだから。ならば、どうするべきなのか？　十五歳のケートにも、五度目のオリンピックをやり過ごした二十一歳のぼくにも、この先の五年間は、五百年にも思えるのだ。

ぼくたちは、この老いぼれ紳士にしつこく迫りつづけてきたものの、いまだに許しを得ることができないでいる。このひねくれたおじさんのやり口は、「いたぶり」とでもいうことばがふさわしい。老いぼれ猫があわれな二匹の小さなネズミをもてあそぶところを目にしたなら、ヨブ記のヨブだって怒り狂っただろう。

心のなかでは、おじさんだってぼくたちの結婚を強く願っている。とっくに決心もしているはずだ。実際のところ、おじさんは、ポケットから一万ポンドという大金だってお祝いとしてくれるだろう。あとはなんとかしてぼくたちの望みをかなえるための方便を思いつくだけだったんだけれど。

なのに、ぼくたちは、軽率にも自分たちから結婚の話題を持ち出してしまった。おじさんにしてみれば、反対せざるをえない状況だったんだろう。

おじさんに弱点があることはすでに述べたけれど、おじさんの頑固さは長所でもあると思っている。弱点を語るついでに、おじさんが奇妙に迷信深いことについても話しておこう。おじさんは夢や予兆といった無意味な事象に夢中だった。おそろしく几帳面でもあり、細かな点まで忠実に、自分なりに、一度いったことばを守り通す。それはひとつの趣味のようなものだともいえる。誓いの精神はためらいなく無視するが、誓いのことばは断固守ろうとする。

あの客間での会話からそんなに時間がたたないあるおだやかな日、ケートはおじさんのへそまがりな性格を機転でうまく攻め立てて、思いがけない有利な立場を手に入れた。現代の吟遊詩人や演説者さながらに、序言で語りつくし、常に優位を保ちつつ、空間さえも意のままにした。それでは、物語をかんたんに振り返ってみよう。

運命に導かれるように、それはケートの知り合いの海軍関連のふたりの紳士によってもたらされた。ふたりはたまたま、それぞれ一年に渡る海外旅行から、イギリスに帰ってきたばかりのところだった。十月十日の日曜の午後、このふたりの紳士をともなって、ぼくとケートは、ラムガジェンおじさんを訪ねた。それは、あれほど残酷にぼくたちの希望を打ち砕いた忘れもしない日曜の三週間後のことだった。三十分ほどは、あたりさわりのない会話がつづいたが、やがてぼくたちは、ごく自然に話を切り出した。

プラット大佐：わたしはちょうど一年、留守をしていたんです。そうそう、今日は十月十日ですから、まさにぴったり一年になります。ラムガジェンさんもご記憶でしょう。一年前の今日、おいとまを告げにやってきたんですから。それにしても、こんな偶然があるものなのですねえ。われわれの友人スミザートン大佐もまた、今日でぴったり一年外国にいたというのですから！

スミザートン大佐：そうなんです！　まさに一年ちょうど。ラムガジェンさんも覚えておいででしょう。一年前の今日、わたしもプラット大佐といっしょにお別れをいいにきたんですから。

おじさん：ああ、そうそう。よく覚えていますとも。まったく不思議なこともあるもんだ！　きみたちはふたりともぴったり一年、出かけていたんだね。確かに奇妙な偶然だ！　ダブル・L・ディー博士は、このような偶然のことを異常事態の発生と名づけているんですよ。ディー博士は……。

ケート（口をはさんで）：ほんとに不思議よね、パパ。だけど、プラット大佐とスミザートン大佐は、おなじルートを使ったわけじゃないのよ。そのせいで大きなちがいが生まれたの。

おじさん：そんなことはちっとも知らなかったよ、このおてんば娘め！　知るわけもないさ。確かにおもしろい話ではあるがな。ダブル・L・ディー博士がいうには……

ケート：ねえパパ。プラット大佐は南アメリカのホーン岬経由だったし、スミザートン大佐は南アフリカの喜望峰経由だったの。

おじさん：なるほど！　かたや東へ、かたや西へむかったあげく、どちらも地球を一周してきたってわけなんだな。まあ、それはともかく、ダブル・L・ディー博士は……

ぼく（あわてて）：プラット大佐、どうか明日の夜は、ぼくたちのところにいらっしゃっていっしょにすごしませんか？　スミザートン大佐も。旅行のなにもかもをお話しくださらなきゃ。そのあとで、トランプで一勝負して……

プラット大佐：それはいけませんよ。明日は日曜でしょ。日曜にトランプ遊びなんて不謹慎な。またいずれ別の日にでも……

ケート：あらやだ、ボビーはまちがいっこないわ。日曜は今日なのよ。

プラット大佐：なんですって？　わたしがまちがえるはずはないじゃないですか。明日は日曜に決まってますよ、なぜなら……

スミザートン大佐（びっくり仰天して）：きみたちは、いったいなにをいってるんだい？　昨日だよ、日曜は。きまってるだろ。

全員：昨日だって！　とんでもない！

おじさん：日曜は今日だよ。わたしがまちがうとでも？

プラット大佐：いえいえ、明日が日曜です！

スミザートン大佐：みんなどうかしてるよ。ひとりのこらずね。いまわたしが椅子に座ってるのとおなじくらい、昨日が日曜にちがいないさ。

ケート（あわてて立ち上がって）：わかったわ、わたしわかったの、パパ。これはパパに下った天罰なんだわ。わたしに説明させてね。かんたんなことなのよ。スミザートン大佐は昨日が日曜だとおっしゃっている。その通りだからよ。それが正しいの。ボビーとパパ、それにわたしは今日が日曜だといってる。それも正しいの。そして、プラット大佐は、がんとして明日が日曜だとおっしゃる。それも正しいのよ。その通りなの。実際のところ、みんなが正しいってわけなのよ。つまり、一週間に三度、日曜がやってきたってことね。

スミザートン大佐（しばらくして）：それにしてもプラットくん。ケートにはやられたね。わたしたちは、どちらもなんてバカなんだ。ラムガジェンさん、つまりこういうことなんですよ。地球っていうのは、ご存知の通り、一周およそ二万四千マイルあります。そしてこの地球は地軸を中心に、西から東へ、二十四時間でちょうど二万四千マイルまわってるわけです。ここまではいいですか、ラムガジェンさん？

おじさん：ああ、確かに確かに。ダブル・L・ディー博士は……

スミザートン大佐（おじさんの声をかき消すように）：つまりそれは一時間に千マイルということになりますね。そこでです、わたしがこの場所から東へ千マイル船で進むとしましょう。もちろん、ここロンドンにいれば、日の出は一時間後と予測されるわけですが、船の上のわたしは、みなさんより一時間早く日の出を目にします。さらに千マイル進めば二時間早くなりますね。そうやってぐるっと一周しておなじ場所にもどってきたとき、わたしはロンドンでの日の出を二十四時間早く予測するというわけです。つまり丸一日早いってことです。おわかりでしょうか？

おじさん：しかし、ダブル・L・ディー博士は……

スミザートン大佐（とても大きな声で）：プラット大佐、その反対に、わたしが西へ千マイル進めば一時間、二万四千マイル進めば二十四時間、ロンドンの時間より遅れることになりますね。だからわたしにとっては、昨日が日曜で、あなたがたには今日が日曜、そしてプラット大佐には明日が日曜ということなんですね。ラムガジェンさん、これはつまり、わたしたちはみんな正しいってことですよ。どの説がまさっているなんてことはない。どれもが正解ですよ。

おじさん：こりゃおどろいた！　なるほどケート、それにボビー。おまえがいった通り、これは天罰だな。しかし、わたしに二言はない。いいかよくきけ！　娘はきみのものだ。もちろん祝いの金もすべてな。いつでも好きに結婚するがいい。これにて完了！　まったくびっくりだ。日曜が三日つづけてやってくるとはな！　わたしはもういくよ、この件について、ダブル・Ｌ・ディー博士の意見をききにいかんとな。

楕円形の肖像画

そのとき、わたしは大けがを負っていた。そのため、野宿を避けようと、従者がわたしを力ずくでその城へつれていった。陰気な雰囲気と壮大さがまじりあった、怪奇小説家ラドクリフ女史が描く古城もかくやと思われる、アペニン山中に長くにらみをきかせてきた城だった。その姿は、つい最近になって打ち捨てられたように見えた。

わたしたちが案内されたのは、こぢんまりとした質素なしつらえの小部屋だった。その部屋は城のはずれに立つ小塔のなかにあった。装飾は、もとは豪華だったのだろうが、いまや朽ち果てた骨董といってよいほどだ。壁にはタペストリーがかけられ、多種多様な紋章入りの武具が、ごてごてと飾られている。そして、アラビア風の豪華な金の額縁におさめられたひどくはげしいタッチの現代絵画が、異常とも思えるほどたくさんかけてある。それらの絵画は、広い壁面だけではなく、たくさんの壁の凹凸の奥にまでかかっていた。このような古城にはありがちな風変わりな建築技法が生んだ凹凸だ。

それらの絵画のなかには、わたしの意識がかすむ予兆でもあったのか、非常に気をひかれるものもあった。そこでわたしは、すでに夜になっていたこともあり、従者のペドロに命じて、窓の重い鎧戸をしめさせ、ベッドの頭側のわきに置かれた背の高い燭台のロウソクに火を灯らせた。そして、ベッドを包みこむようにおおう縁飾りのついた黒いベルベットのカーテンを大きく開かせた。そうすることで、仮に眠れぬとしても、それらの絵について順ぐりに思いをめぐらすことができようというものだ。それに、枕の上に置かれていた、それらの絵に関する批評やくわしい説明が書かれた薄い本を読むこともできる。

　わたしは時間をかけて読み、真剣に食い入るように絵をながめた。あっというまに贅沢な時間は流れ去り、気づけば深夜になっていた。燭台の位置が気に入らなかったのだが、従者の眠りをさまたげるほどのことでもないので、なんとか手をのばし、本に光がたっぷりあたるように置きかえた。

　しかし、それによって思いがけないことが起こった。たくさんのロウソクのあかりが、ベッドの柱の陰になって見えなかった壁のくぼみの奥にまで届いたのだ。そうしてわたしは、それまで気づきもしなかった絵を、明るい光のなかに見ることができた。

それは、いままさに女の香気をにおわせはじめたばかりの若い少女の肖像画だった。はやる気持ちでその絵をざっと見たが、すぐに目を閉じた。なぜそんなことをしたのか、はじめのうち、わたし自身にもよくわからなかった。しかし、まぶたを閉ざしたまま、目をつぶった理由を考えてみた。それは、思考をめぐらすために衝動的に取った行動だった。いま見たものが目の迷いではないことを確かにするための。たっぷり見ることで酔いしれて、われを忘れないように、自分を落ち着かせ、気をしずめるための。一瞬ののち、わたしはふたたびその肖像画をしっかり見つめた。

しっかり見つめることで、確信を得た。最初に光がそのキャンバスを照らした際に、わたしの感覚におそいかかった夢見心地の目のくもりは消え去り、わたしの意識はたちまちはっきりした。

その肖像画は、すでに述べたように若い少女を描いたものだ。頭部と肩だけのもので、わたしのお気に入りの肖像画家サリーが描くような、いわゆるビネット風に輪郭をぼかした絵だった。腕や胸、輝くような髪も、背景となっている暗い影のなかにあわく溶けるように消えている。額縁は楕円形で、たっぷりの金箔を使ったムーア風の線条細工がほどこされている。

しかし、賞賛すべきなのはそのすばらしい絵そのものだ。とはいえ、わたしの心を即座にとらえ、熱くゆさぶったのは、絵画作品としての完成度でも、描かれた少女の不滅の美しさでもなかった。ましてや、まどろみから目覚めたばかりの幻想で、その絵の頭部を血の通った生きた人物のそれと見誤ってのことなどではない。特徴のある画法や楕円の額を見て、すぐにビネット風の絵だと気づいたのだから、一瞬でも、そのような思いを抱くはずもない。

あれこれ熱心に思いをめぐらせながら、おそらくは小一時間ほども、なかば腰かけ、なかば横たわるような姿勢で、目はその肖像画に釘づけになっていた。しかし、やがてはその絵が生み出す効果の真実の秘密を知ったことに満足して、わたしはベッドに深々と身を横たえた。その絵の人をまどわす魅力は、表情の絶対的な生々しさにあることに気づいたのだ。最初はおどろかされ、最後には困惑させられ、圧倒され、ぞっとさせられたのは、そのせいだったのだ。

深く敬虔なおそれを抱きつつ、わたしは燭台を元の位置に置き直した。わたしを心底動揺させた肖像画が見えなくなったので、この部屋に掲げられた絵画の批評や来歴が書かれた本を熱心に読み進めた。楕円形の肖像の番号のページをめくると、以下のような奇妙な文章が書かれていた。

モデルになったのはたぐいまれな美しい女性で、愛らしいだけではなく、生き生きとしたよろこびに満ちていた。いまわしいのは彼女がこの絵の画家と出会い、愛し、ちぎりあったことだ。この画家は情熱的で勤勉、厳格で、すでに芸術という花嫁を持っていた。たぐいまれな美しい女性で、このうえなく愛らしく生き生きとした、光と微笑みにあふれ、少女らしくはしゃぎ、ありとあらゆるものを慈しみ愛した彼女は、ただライバルである芸術だけを憎んだ。パレットと絵筆、その他、愛する人から表情を奪ういまわしい道具だけをおそれた。

そのため、画家から自分を絵に描きたいという望みをきいた彼女は、おそれおののいた。しかし、つつましく従順な彼女は、何週間にもわたって、高いところからもれるあかりがぼんやりとキャンバスを照らすだけの、小塔の高みにある暗い部屋で、おとなしくモデルとしてすわりつづけた。

画家はといえば、この仕事に栄光を見い出し、何時間も何日も絵に没頭した。情熱的で荒々しく、ふさぎこみがちな画家は、おのれの幻想におぼれ、さびしい小塔にそそぐ光が、花嫁の肉体的健康と魂を目に見えてやつれさせていることには気づきもしなかった。彼以外のだれの目にもあきらかだというのに。

それでも彼女は不平ひとつもらさず、じっとすわって微笑みつづけた。というのも、高名な画家である夫が、こんなにも愛する夫が、熱にうかされたように、燃えるようなよろこびに満たされて、昼も夜もなく自分を描きつづけてくれるのだから。

しかし、彼女は日増しに目に見えて気力、体力ともに衰えていった。そして実際のところ、この肖像画を見たものは、どれほどよく似て描かれているかと心底から驚嘆し、これほどにもすばらしく描けるのは、画家の力量のみならず、妻への深い愛情があってのことだろうと低い声で語るのだった。

やがて、作品の完成が間近に迫るにつれ、小塔への出入りは、だれにも許されなくなった。画家の熱情はますます燃え盛り、妻の顔に目をやることもなく、ほとんどキャンバスのみに目をこらすようになっていた。そしてさらに、画家はキャンバスにちりばめた色彩が、すぐかたわらにすわる自分の妻の頬から奪い取ったものであることにも気づかなくなっていた。

何週間かが過ぎ、残す作業はあとわずか、口に一筆、目に一色を加えるだけというときになり、ランプの炎がまたたくようにふたたび、妻の魂が燃え立った。そして筆が動き、色が置かれた。ついに画家は、うっとりと自分の作品の前に立った。しかし、次の瞬間、まだ絵から目を離せないまま、彼はおののき、青ざめ、仰天して、大きな声をあげた。

「これは、命そのままじゃないか！」そういって、あわてて振りむいた愛する妻は、すでにこと切れていた！

落(お)とし穴(あな)と振(ふ)り子(こ)

わたしはすっかり参っていた。長い拷問を受けつづけ、死ぬほど弱り切っていた。ようやくわたしの縄が解かれ、椅子にすわるのを許されたとき、ふと気が遠くなっていくのを感じた。わたしの耳に、はっきりとした意味のあることばとして最後に届いたのは、あのおそろしい死の宣告だった。そのあとの異端審問官たちのことばは、夢のなかであいまいに響くうなりのようだった。その音は、水車がまわる空想と結びつきでもしたのか、なにかが回転しているようにきこえた。

しかし、それもつかのまのことで、すぐになにもきこえなくなった。それでもしばらくのあいだ、わたしは見た。それはなんとおそろしく、くっきりとした光景だったことか！　わたしには黒いローブをはおった審問官たちの唇が見えたのだ。その唇は真っ白に見えた。いまわたしがことばを書きつらねている紙よりも白く、グロテスクなほど薄かった。断固とした動かしがたい決意が凝縮した薄さだ。人間の苦しみをきびしく侮蔑する酷薄さそのものだ。

わたしは、わたしの運命を告げる宣告が、審問官たちの唇から発せられるのを見つづけていた。彼らが死の宣告をしぼりだすのを見ていた。その唇の動きでわたしの名が発せられているのはわかるのだが、音が耳に届かないことに身震いした。

わたしはさらに、気が狂いそうなほどの恐怖の瞬間、部屋の壁をおおっている掛け布が、ほとんどわからないほど小さく波打つように揺れるのも見た。それから、わたしの目はテーブルの上に置かれた背の高い七本のロウソクに移った。最初、それらのロウソクは慈愛をまとっているように見えた。わたしを救ってくれる白い細身の天使のように見えたのだ。ところが、一転して、わたしの魂をぞっとするほどの嫌悪感で満たした。わたしを構成する筋繊維のすべてが、電流に刺激されたかのようにびくびくと震えた。天使に見えたロウソクは、炎の頭をもつあいまいな形の幽霊となり、わたしにはなんの助けにもならないことがはっきりとわかった。

そして、わたしの心のなかに、墓場には甘やかな安らぎが待っているだろうという思いが、豊かな楽の音のようにしのびこんできた。その思いはおだやかにそっとやってきて、気づくよりずいぶん前から、心のなかにいすわっていたようだ。しかし、わたしの魂(たましい)がその思いをはっきり受け入れた瞬間(しゅんかん)、審問官(しんもんかん)たちの姿(すがた)が、あたかも魔法(まほう)のごとく目の前からとつぜん消えた。ロウソクはただのロウソクにもどり、炎(ほのお)は完全に消えて、真の暗闇(くらやみ)が訪(おとず)れた。わたしの感覚のすべてが、冥界(めいかい)の王ハデスのもとへとはげしい勢(いきお)いで落ちていくようだった。
そして、動くもののない静けさと夜が宇宙(うちゅう)となった。

意識(いしき)が遠のいているときでも、すべての感覚が失われてしまうわけではない。どの感覚が残るのかをあきらかにしたり、わざわざ書き記すつもりはないが、すべてが失われるわけではないのは確(たし)かだ。深い深いまどろみのなかでも、錯乱(さくらん)や恍惚(こうこつ)のなかでも！　さらに死のなかであってさえも！　「墓場(はかば)」のなかでも、すべてが失われるわけではないのだ。そうではなくて、人間は不滅(ふめつ)だなどといえるだろうか。深い深い眠(ねむ)りから覚めたとき、わたしたちは夢(ゆめ)が織(お)りあげたクモの巣を取りはらう。しかし、その次の瞬間(しゅんかん)、そのクモの巣があまりにもはかないせいか、夢(ゆめ)を見ていたこと自体を忘(わす)れてしまう。

意識を失った状態から息を吹き返す際には、ふたつの段階がある。まず最初に、心理的な感覚、もしくは魂がもどってくる。そして次に、肉体的な感覚、もしくは実在がもどる。このふたつめの段階にいたってようやく、ひとつめの感覚の印象がよみがえり、意識が遠のいた状態との溝のむこうの記憶がどっとあふれてくる。しかし、その溝とはいったいなんなんだ？　溝の影と墓の影とを見分けることなどできるのだろうか？

　最初の段階の印象が、すぐにはもどらないとしても、しばらくあいだをおいて、思いがけずあらわれて、いったいどこから？　とわたしたちをおどろかせることはないのだろうか？　意識を失ったことのないものは、燃えさかる石炭の輝きのなかに、見知らぬ宮殿を見つけたり、ぞっとするほど見慣れた顔を見い出すことはないのだろう。そして、多くのものには見えない、宙に浮かぶ悲しげな顔の幻想を見たりもしないのだろう。新種の花の香りをかいで思いをめぐらせたり、それまで一度も気にかからなかった音楽の調べに、脳を興奮させるようなこともないだろう。

わたしの意識が遠のいていたときのことを、しきりに、そして懸命に思い出そうとするさなか、また、無意味と思えるもののなかになにかの手掛かりを集めようと必死になっているさなかに、うまくいったと思える瞬間があった。それはほんの一瞬のことなのだが、意識を失っていたときの記憶を呼び起こすことができたのだと、あとになって確信することになった。

それは、背の高い人物がわたしを抱き上げ、ものもいわずに下へ下へ、思い出すだけでひどいめまいを覚えるほど、ただひたすら下降したという記憶だ。さらに、わたしの心臓が不自然なほど静かだったために、漠然とした恐怖を覚えたことだった。そして、とつぜん、なにもかもがいっさいの動きを止めたという感覚だった。あたかも、わたしを運んでいたもの（なんという不気味な男よ！）が、下降の限界をこえてしまい、疲労困憊して足を止めたかのようだった。そのあとに思い浮かんだのは、平かさと湿り気だった。そして、すべてが狂気になった。禁じられたものたちがうごめく狂気の記憶だ。

まったくとつぜんに、動きと音を感じる感覚がもどってきた。さわがしい心臓の動きを感じ、耳には、その鼓動がきこえてきたのだ。

その後に、動きも音も完全にとだえた。そしてふたたび、動きとなにかが触れる感覚がもどってきた。体全体がチクチクとした感覚におおわれる。次には、思考のない、自分が生きているという意識だけがよみがえり、その状態が長くつづいた。その後、急に思考と、身震いするような恐怖、そして、自分がどのような状況におかれているのかを知りたいという強烈な思いにとらわれた。それから、できることならなにも感じずにいられたらいいのにという、強い欲望が起こる。さらにそれにつづいて、魂がせきたてられるようによみがえり、なんとか体を動かすことができるようになった。

いまや、審問や審問官、黒い飾り布、死刑の宣告、意識が遠のくほどの気分の悪さを完全に思い出した。そして、その後につづくことをなにひとつ覚えていないことに思い至る。したがって漠然とでも思い出せたのは、その後に必死で思い出そうとがんばった結果だ。

ここまで、わたしは目を開けていなかった。縄からは自由になり、あおむけに横たわっているのはわかる。手をのばすと、なにか湿ったかたいものにぶつかった。そのまま長いあいだじっとして、自分がどこでどのような状態にあるのか必死で思い浮かべようとした。しかし、強く望んでもなにひとつ思い浮かばない。自分のまわりになにがあるのか、目を開けてひとめ見るのがおそろしくてたまらない。自分が目にするものであろうものをおそれたのではなく、そこになにもないのを見るのがおそろしかったのだ。

心底からの絶望を感じながら、わたしはすばやく目を開けてみた。わたしのいちばんおそれていたことが確かになった。完全な暗闇がわたしを取り囲んでいた。息をするのも苦しいほどだ。闇の濃さがわたしをおしつぶし、窒息しそうだ。空気は耐えられないほど緊密だ。

わたしはじっと横たわったまま、なにが起こっているのか必死で考えていた。異端審問の推移を思い返すことで、自分の現在置かれた立場を推しはかろうとした。死刑の宣告が下された。それ以降、長い時間がたっているように思われる。しかし、自分がすでに死んでしまっているとはちらとも思わない。死の実感など、小説でなら読んだことはあっても、現在の状況とはさっぱり一致しない。わたしはいまどこにいて、どのような状況におかれているのだろう？

　異端審問で死刑の宣告をされたものは、通常火刑に処される。そして、審問のあったその日の夜に処刑されるものだ。わたしは審問前にいた地下牢にもどされて、何か月後にやってくるかわからない次の犠牲者を待つことになったのだろうか？　いや、そんなはずはない。刑は即座におこなわれてきた。それ以上に、わたしがいた地下牢はそのほかのトレドの牢獄同様、床が石畳のはずだし、光が全然ささないということはなかった。

　おそろしい考えに、短いあいだ、心臓に血液が急激に流れこみ、わたしの意識はまたしても遠のいた。回復するとただちに、けいれんするように震える足で立ち上がった。それから、両手をあらゆる方向に大きく動かす。しかし、どこにも触れることはない。墓の壁にでも突きあたるのではと思い、おそろしくて一歩も踏み出せない。全身の毛穴から汗がいっせいにふき出し、額には大粒の冷たい汗が張りついた。宙ぶらりんの状態に耐えられなくなり、わたしはおそるおそる一歩踏み出した。両手を前に突き出し、かすかにでも光を感知しようと、目玉が飛び出るほど目をこらしながら。何歩進んでも、あいかわらずの真っ暗闇で、手にはなにも触れない。呼吸がすこし楽になる。どうやら、わたしのおかれた状況は最悪というほどではないようだ。

そして、注意深く歩を前に進めながら、わたしはトレドのおそろしさに関する出所のはっきりしない千もの噂を思い出していた。その地下牢についてもさまざまなおかしな話が伝わっていた。わたしは、そのどれをも作り話だと考えていたのだが、それでもあまりに不気味なため、ささやき声でしか語られないようなものだった。

わたしはこの地下の暗闇に取り残されて、飢え死にするのだろうか？　それとも、もっとおそろしいなにかが待ちかまえているのだろうか？　いずれにせよ、結末は死だ。通常よりもはるかにおそろしい死であることは疑いようがない。わたしはあの審問官たちのことをよく知っている。どんな形で、いつわたしに死が訪れるのかだけが、わたしの気がかりで、それ以外のことはなにも考えられなかった。

前にのばした手が、なにかかたい障害物にあたった。それは壁だった。石造りと思われる、なめらかでぬるぬるした冷たい壁だった。わたしはその壁に沿って進んだ。頭に浮かんだ古の噂が頭をかすめ、これ以上ない注意深さで歩を進める。しかし、いくら進んでも、この地下牢の大きさはまるでわからない。ぐるぐると円を描いて、気づかないうちに歩きはじめた元の位置にもどっているのかもしれない。それほど、壁面は完璧に均一だった。

わたしは、審問所にひったてられたときにポケットにあったナイフを探した。しかし、なくなっている。それどころか、着ているものも、ごわごわした素材のものに着替えさせられていた。わたしは、ナイフの刃を壁のわずかなすきまにでも突き立て、出発地点がわかるようにしようと思っていたのだ。その困難はわたしの混乱した空想のなかでは、とうてい克服しがたく思えたのだが、実はささいなものだった。

わたしは身につけている服のへりをちぎり、その断片を壁に直角になるようにのばして床に置いた。この地下牢を手さぐりしながら進めば、一周したところでまちがいなくこの布きれに突きあたるはずだ。すくなくともそう考えていたのだが、この地下牢の広さも、自分の弱さも考慮に入れていなかった。床は湿っていてすべりやすい。何度もつんのめりそうになった末に、とうとうころんで倒れ伏した。あまりもの疲労に、わたしは倒れた姿勢のまま、あっというまに眠りに落ちてしまった。

目が覚めて、手を前にのばすと、わたしのかたわらにひとかけのパンと水の入った水差しがあった。あまりにも疲れていたため、それが意味することをろくに考えもせずに、わたしはパンにむしゃぶりつき、水を飲んだ。すこしたってから、地下牢をめぐる行進を再開した。ずいぶんたって、ようやく着物の断片に突きあたった。ころんで倒れるまでに五十二歩を数えていた。目覚めてからは四十八歩をこえたところで布きれにたどりついた。つまりちょうど百歩ということだ。二歩で一ヤードほどだとすると、この地下牢は一周五十ヤードはあることになる。とはいえ、とちゅうで何か所もまがり角に出くわしたので、この地下牢がどんな形をしているのかはさっぱり想像もつかなかった。

この探索にはさしたる目的もないし、希望はまったくないのだが、漠然とした好奇心だけでつづけてきた。今度は壁を離れて、部屋を横切ってみることにした。最初のうち、わたしは十分に気をつけながら進んだ。というのも、床は硬い素材でできているものの、あぶなっかしいどろどろとしたものにおおわれているからだ。

それでも、やがては勇気を振りしぼって、しっかりと足を踏み出すようになった。可能な限りまっすぐに横切るよう心がける。そうした調子で十歩ほど進んだところで、先ほどやぶった着物のへりからたれさがった布が足にからまって、はげしく前のめりに倒れこんでしまった。

ころんだショックのせいで、わたしを取り巻く環境の異常さに、すぐには気づかなかった。しかし、数秒後、腹ばいに倒れたまま、あることに気づいた。それはつまり、あごは地下牢の床にのっているのに、あごのすぐ上にあるわたしの唇から上の頭部は、どこにも触れていないということだった。それと同時に、額に冷たく湿った空気がふきつけ、カビのにおいが鼻いっぱいに広がった。手をのばして、自分が円形の落とし穴のぎりぎりの縁に倒れていることに気づき、思わず身震いした。

もちろんそのときには、それがどれほどの大きさなのかは知る由もない。落とし穴の縁の下を手さぐりして小さな石の破片を見つけだすと、わたしはそれを穴に落とした。何秒ものあいだ、石が穴の壁にあたりながら落ちていく音に耳をかたむけていたが、ついには、水面をたたく陰気な音がして、大きく反響した。それと同時に、頭上からドアのようなものがすばやく開いて、すぐさましまるような音がした。その瞬間、かすかな光がとつぜん闇をつらぬき、すぐにまた消えた。

わたしはわたしのために用意されていた運命をはっきりと目にした。そして、そこから絶妙のタイミングで逃げおおせた幸運な事故を祝福した。ころんで倒れ伏すまでにあともう一歩でも進んでいたならば、二度とふたたび、この世界を見ることはなかっただろう。そして、いましがたのがれた死は、単なるバカげた噂だと思っていた異端審問の性質をみごとにあらわすものだった。死の宣告を受けたものは、残酷な拷問による死か、精神を恐怖のどん底に突き落とされる死かのどちらかを選ぶことになる。わたしには後者が用意されていた。長い苦痛でわたしの神経はずたずたにされ、わたし自身が発した声に身を震わせるほどだった。この先わたしを待ち受ける責苦にとって、わたしは絶好の対象というわけだ。

全身をがたがた震わせながら、わたしは手さぐりで壁までもどった。落とし穴に落ちる恐怖を味わうよりは、壁際で朽ち果てたほうがましだ。わたしの空想のなかでは、この地下牢のあちこちに落とし穴が口を開けていた。別の心理状態であれば、いっそあの深い淵にとびこむ勇気を奮い起こして、このおそろしい境遇を終わりにしようと思いついたかもしれないが、わたしはただただ、おそろしかった。一方、あのような落とし穴について書かれたことも忘れられない。とつぜん命を奪うことは、彼らのもっともおそろしい計画の一部ではないのだ。

そのときのショックで、わたしは長い時間眠れないでいた。それでもやがて、ふたたびまどろんでしまった。目覚めたとき、前回とおなじようにひとかけのパンと水差しがあった。燃えるような喉の渇きに、わたしは水差しの水を一気に飲み干した。きっと薬が盛られていたのだろう。飲み終わったとたんにどうしようもなく眠たくなった。深い眠りが訪れた。死のような眠りだ。

どれほどの時間眠っていたのか、もちろんわたしに知る由はない。しかし、ふたたび目を開いたとき、まわりのようすは見えるようになっていた。最初はそのあかりの出所がなんなのかはわからなかったのだが、まがまがしい硫黄色のあかりに照らされて、地下牢全体を見わたすことができた。

大きさに関しては、とんでもない誤解をしていた。壁を一周しても、せいぜいが二十五ヤードほどしかないだろう。その事実はしばらくのあいだ、わたしをむなしい気分にさせた。なんというむなしさだ！　このようなおそろしい環境におかれていながら、地下牢の大きさを必死で知ろうとしていたなんて、むだもいいところだ。

しかし、わたしはそのささいなことにはげしく好奇心をかきたてられた。計測の際におかしたまちがいを、あれこれ必死で考えてみる。やがて、真実に突きあたった。最初に歩数をはかったとき、わたしはころんで倒れるまでに五十二歩を数えた。そのまま進んでいれば、あとほんの一、二歩で地下牢を一周して、布きれに出くわしていたのだ。しかしわたしはそこで眠ってしまい、目覚めてからもう一度歩数を数えて、実際のほぼ倍を歩いたのだ。混乱のあまり、左まわりにはじめた探索を、目覚めたあとは右まわりしてしまったのだ。

地下牢の形についても、わたしはすっかりあざむかれていた。進むうちに何度もまがり角があると感じたので、非常に複雑な形の部屋だと思っていたのだが、それも、眠りから目覚めても完全な暗闇に包まれている効果がもたらした結果だった。まがり角は、不規則な壁のくぼみが生みだしたものだったのだ。

地下牢の形は、大ざっぱにいえば正方形だった。石工の手によるなめらかな石の壁と思っていたものは、どうやら金属でできた巨大な板を組み合わせたもののようだ。その板と板の継ぎ目がくぼみになっている。この金属でできた壁に、修道僧の迷信が生みだした、死にまつわるさまざまな邪悪な姿がきざみこまれている。骸骨の姿をした邪気に満ちた悪魔、さらにおそろしい図像の数々が壁じゅうに広がっている。これら怪物の輪郭ははっきりと見ることができたのだが、湿気のせいか色はにじみ、かすんでいた。床が石造りであることにも気づいた。床の中央には、わたしがなんとか逃げおおせた円形の落とし穴が口を開けていた。ただし、落とし穴はそれひとつだけだった。

懸命に目をこらしはしたが、これらすべてを、しかと見たわけではない。薬で眠らされているあいだに体勢が変わったせいだ。いまわたしは、木でできた背の低い台の上に、大の字になってあおむけに横たわっていた。わたしはその台に腹帯のような長い帯でしっかりとしばりつけられている。手足も胴体もがんじがらめで、自由に動かせるのは頭だけだ。それと左手は、わたしの横の床に直接置かれた陶製の皿の上の食べ物をつかみ、口に運ぶ分だけはなんとか動かせる。

おそろしいことに水差しは見あたらなかった。おそろしいというのは、そのときのわたしは、耐えられないほど喉が渇いていたからだ。この喉の渇きは、迫害者たちが意図的に作りだしたもののようだ。というのも、皿の上の食べ物は、香辛料のきいた肉だったからだ。

　わたしは上を見て、地下牢の天井を観察した。高さは三、四十フィートほどだろうか。材質は壁とおなじようだ。パネルの一枚に刻まれた特異な図像に、わたしの目は釘づけになった。それは広く知られる典型的な「時の翁」の姿だったのだが、大鎌ではなく、古い柱時計についているような巨大な振り子らしきものを抱えている。なんだか気になって、ついついその振り子をじっと見てしまう。わたしはその振り子を真下から見上げている。わたしが横たわっている場所の真上に位置しているからだ。じっと見ているうちに、振り子が動いているような気がしてきた。しかし、次の瞬間、それが気のせいではないことを確信した。その動きは小さく、とても遅い。わたしはそれを数分間、すこしばかりのおそれと、それをはるかにしのぐ好奇心とで見ていた。やがて、その緩慢な動きを見ていることに疲れ、獄内のほかのものに目を転じた。

かすかな物音に気づいて床に目をやると、バカでかいネズミが何匹か、床を歩いていた。ネズミたちはわたしの視界のすぐ右にある落とし穴から出てきていた。わたしが見つめているあいだにも、ネズミたちは肉のにおいにひきつけられるように、目を光らせ、いそいで行進している。ネズミたちを追いはらうのに大変な労力を費やさなければならなかった。

もはや時間の感覚はにぶくなっていたので、それから、三十分ほどがたったのか、一時間なのかもよくわからないのだが、わたしはふたたび目を上にむけた。そこにはわたしをとまどわせ、おどろかせるものがあった。振り子の振り幅が一ヤードほどにまで大きくなっていたのだ。その結果、動きもはるかに速くなっている。しかし、なにより動揺させられたのは、振り子が目に見えて下におりてきていることだった。それがどれほどおそろしい光景だったかはいうまでもないだろうが、振り子の底の部分は光を放つ金属製の三日月型をしている。はしからはしまでの幅は一フットほどなのだが、そのはしは反り上がっていて、底のエッジは、あきらかに剃刀のように鋭い。剃刀のようでありながら、重々しく、鋭い刃は上にむかうにつれて頑丈そうで分厚くなっている。そして、重厚な真鍮の柄につながっていた。振り子は、空気を切って揺れるたびに、シュッという音を立てている。

わたしの運命は、修道士どもがあみだした珍妙な責苦にゆだねられたことは疑いようがない。わたしが落とし穴に気づいたことを、審問官たちはすでに知っている。あの落とし穴の恐怖は、わたしのような異端者にこそふさわしいとされたのだ。落とし穴は地獄の象徴であり、噂によれば、あらゆる刑のなかでも最も残酷なものとみなされていた。単なる偶然から、わたしがまぬかれた落とし穴への落下は、地下牢の死のあらゆるグロテスクさのなかでも重要な位置をしめていたはずだ。

落とし穴へ落としそこねたいま、悪魔どもはわたしを地獄へ突き落とすという計画を放棄した。そこで、趣向のちがう、より穏便な刑がわたしを待ち受けていたということだ。しかし、これが穏便とは！　このような状況で、こんなことばを思い浮かべてしまったことに、わたしは苦しみながらも半笑いしてしまった。

鋭い振り子の先の揺れを数えながら、死よりもおそろしい長い長い時間にわたる恐怖を語るなどむだなことだ。何年とも思える長い時間をかけてはじめてわかるぐらいゆっくりと、振り子は一度振れるたびに、ごくごくわずかずつ、下がりつづけている！　すでに何日もが過ぎ去ったような気がするが、数日たって、振り子はその残酷な息でわたしをあおぐかのように、わたしのすぐ上で揺れている。鋭い金属のにおいがわたしの鼻に襲いかかる。わたしは祈った。天にむかって、振り子がもっと速くおりてきますようにと祈った。わたしは半狂乱になって、揺れる三日月のおそろしい刃にむかって、体を差し出すように持ち上げようとした。その後、とつぜん落ち着きを取りもどし、横たわったまま、おもしろいおもちゃにむけて子どもがするように、この光りきらめく死にむかって微笑みかけた。

　それから、またしても完全に気を失ってしまった。それはとても短いあいだのことだった。というのも、ふたたび意識がもどったとき、振り子は目で見てわかるほどは下降していなかったからだ。しかし、ずいぶん長かったことも考えられる。わたしを観察している悪魔がいるのは確かで、気絶したと気づいたら、お楽しみのために振り子の動きを止めているのかもしれないからだ。

意識がもどったとはいえ、長い飢餓状態の末のように、わたしはこれ以上ないというほど気分が悪く、弱り果てていた。これほどの苦悶のさなかでも、人間には食べ物を求める本能が備わっている。わたしは、わたしをしばりつけている縄が許す限り、必死で手をのばし、ネズミどもたちの食べ残しの小さな肉を手に取った。その肉のかけらを口に入れようとしたとき、わたしの心に、ある考えがぼんやりと浮かび、よろこびもしくは希望の光がほの差した。だが、希望になにほどの意味があるだろう？

いや、それはあくまでもぼんやりと浮かんだ考えにすぎない。人は結局は完結することのない考えをしょっちゅう思い浮かべているものだ。わたしにとって、それはよろこびであり希望だったのだ。しかし、その希望が、みるみるうちにしぼんでしまうのを感じた。わたしはなんとか完成させよう、取り返そうともがいたがむだに終わった。長く苦痛を与えられたせいで、わたしの心は折れてしまっていた。わたしは愚か者だった。

　振り子はわたしの体を直角に横切るように揺れている。三日月型の刃は、ちょうどわたしの心臓を切り刻むように設置されているようだ。振り子はごわごわした着物をすり切れさせるだろう。行っては帰り行っては帰りを何度もくり返すうちに。三十フィートにも達しようかという大きな振幅とシュッ、シュッと音を立てながらおりてくるさまを見れば、金属製の壁さえもやすやすと切り刻んでしまいそうだが、数分かけてもわたしの着物をすり切れさせるのがせいぜいだ。そう思うと、考えるのをやめた。それ以上は考えないようにした。わたしは無理矢理、着物のことだけを考えつづけた。まるでそうすることで、振り子の下降を止められるとでもいうように。

　わたしは鉄の振り子が着物に達したらどんな音を立てるだろうと考えた。着物の布が粉々の繊維を散らすだろうと考えて、ぞくぞくするような奇妙な刺激を覚えた。わたしはいら立ちを覚えるまで、そのようなどうでもいいことに意識を集中していた。

おりてくる。振り子はじわじわと確実におりてくる。わたしはおりてくる速度と横にふれる振り幅の速度を比較して、やけくそのようにおもしろがっていた。右へ、左へ大きく揺れる。悪魔の悲鳴をともなって、しのびよる虎のスピードでゆっくりわたしの心臓に近づいている。わたしは、悪魔と虎を交互に思い浮かべては、笑っては吠えた。

おりてくる。休むことなくおりてくる！　いまやわたしの胸の上、ほんの三インチのところで揺れている。わたしは荒々しく、怒りにまかせて、なんとか左手を自由にさせようともがいていた。左手が自由なのは肘から先だけだ。手先を体のわきにある皿から口まで動かすことはできる。しかし、それも必死になってのことで、それ以上はどうしても動かせない。もし、肘の上のいましめを解くことができるなら、揺れる振り子を止めることができるかもしれない。雪崩だって止められるかもしれない！

おりてくる。休むことなく、着実におりてくる！　振り子がひと揺れするたびにわたしは息をのみ、もがいた。ひと揺れするたびにわたしは発作的にちぢこまった。振り子が揺れるさまを意味もなく、ただじっと見つめるしかない。しかし、おりてくるたび、目は発作的に閉じてしまう。死によってしか安らぐことはできないとわかっているのに、この気持ちをことばにすることができない！

　それでもわたしは、あの鋭い、光を放つ斧がどれくらいわずかにおりたなら胸に達するのかを考えては神経をすり減らしていた。神経をすり減らし、身をちぢこませるもの、それは希望だった。拷問台の上の希望、異端審問の地下牢にある死刑囚にささやきかけるもの、それは希望だった。

　あと、十度ほど揺れれば、あの金属の刃はわたしの着物に届くだろう。そう見て取ったとたん、わたしの魂には絶望がもたらす鋭い、冷静さが訪れた。この何時間かで、いや、数日間でかもしれないのだが、はじめてある考えが浮かんだ。

　わたしを拘束している縄、もしくは帯は一本だけだ。わたしは何本かのひもでしばられているわけではない。あの剃刀のような三日月型の刃が最初にこの帯に襲いかかったら、左手で縄を取りはずすこともできるかもしれない。とはいえ、おそろしいことに、金属の刃はすぐそばにある。ほんのわずかもがいただけでも死を招くではないか！　それに当然のことながら、審問官の手下どもが、そうした可能性を予期できずに見すごしているなどということがあるだろうか？　わたしの胸を横切っている縄は、振り子の軌道上にあるだろうか？　わたしのかすかな、そして最後の望みが絶たれるのをおそれながら、わたしは頭を上げて、自分の胸のあたりをじっくり見た。わたしの手足と体を拘束している縄は、あらゆる方向に巻かれていた。ただ、振り子の刃の通り道だけは避けてある。

　頭を元の位置にもどすかもどさないかのうちに、ある思いつきがひらめいた。それは先にもほのめかした、ことばにはできないようなぼんやりしたものなのだが、焼けるような唇に食べものを運んだ際に頭に浮かんだアイディアだった。それはかすかで、正気とは思えない、不確かなものではあるのだが、はっきりと頭に浮かんでいた。わたしはただちに取りかかった。その思いつきを実行するために、絶望的なエネルギーを費やしながら。

　わたしが横たわっている低い台の近くには、何時間にもわたってネズミどもがうじゃうじゃと群れていた。野蛮で大胆で腹をすかしたネズミたちだ。その赤い目は、わたしが動かなくなって、餌食になるときを待つかのようにぎらぎらと光っている。「落とし穴のなかでは、こいつらはいったいどんなものを食べているんだ？」わたしは、そう思った。

　必死ではらいのけようとしても、ネズミたちは皿に残ったわずかな食べ物に群がり、たかってきた。わたしはただ機械的に皿のまわりで手を動かしつづけていたのだが、その無意識の画一的な動きでは効果がなくなっていた。貪欲なネズミどもは、たびたび、その鋭い牙をわたしの指に突き立ててきた。香辛料の利いた油でギトギトした残りの肉を、わたしは手の届く限り、わたしを拘束している縄にこすりつけてまわった。それから、手を床から持ち上げ、息もたてないようにじっと動かなくなった。

最初のうち、わたしの動きがとつぜん止まったことに、貪欲なネズミたちもおどろき、恐怖を覚えたようだ。ネズミたちは警戒するようにあとずさりし、落とし穴にもどっていったものも多数いた。しかし、それもごく短い時間のことだった。やつらの貪欲さはわたしの期待通りだった。

わたしがいつまでも動かないのを見て、一、二匹の大胆なネズミが台に飛び乗り、縄をかぎまわった。それが合図になって、ネズミたちがどっともどってきた。落とし穴から、ぞくぞくと姿をあらわす。やつらは木の台に飛びつき飛び越え、何百匹もがわたしの体の上に飛び乗ってきた。

振り子の機械的な動きは、ちっとも気にならないようだ。振り子を避けながら、ネズミたちは油をすりこんだ縄にむしゃぶりついている。やつらは、わたしの上に高い山を築くようにおしかけてきた。喉にものぼってくるし、唇にネズミの冷たい唇がさわることもあった。わたしは、ネズミたちの勢いに半分窒息させられていた。ことばではいいあらわせないような嫌悪感が胸をいっぱいに満たし、じっとりとした重さは、わたしの心臓を震えあがらせた。しかしあとほんの一分、それで苦しみも終わるだろう。いましめがゆるんでくるのが感じられたのだ。縄が切れたのが一か所どころではないのがわかる。わたしは必死の思いでじっと動かずにいた。

　計算もしまちがえなかったし、がまんもむだにはならなかった。いまや自由になったと感じていた。いましめは切れ切れになって体からたれている。しかし、振り子はいまやわたしの胸にまで届いていた。厚手の着物を裁ち切り、その下の下着をも切り刻んでいる。さらに二往復。鋭い痛みが全身の神経に襲いかかった。しかし、ついに逃げ出すときがやってきた。手をひと振りすると、わたしの救助者たちはあわてて逃げていった。注意深く体を横にずらし、身を縮め、ゆっくり移動して、三日月刀の届かないところまで逃げおおせた。その瞬間、わたしは自由になった。

　自由！　だがそれも、審問官の手のうちでのことだった！　地下牢の床の上に置かれた恐怖のベッドから一歩も踏み出さないうちに、悪魔のような機械の動きが止まり、するすると上がっていくのが見えた。天井の上にある目に見えない力が働いているのだろう。絶望的な思いが心臓をつらぬいた。疑いようもなく、わたしの一挙手一投足は観察されている。自由！　だがそれは、ひとつの死の苦しみから、べつの形の死の苦しみへ突き落とされるのとおなじことだ。そう考えたわたしは神経質に目を動かし、わたしを取り囲む金属の壁をにらんだ。

最初はほとんど気づかなかったのだが、なにかおかしなこと、変化が地下牢に起こっていた。しばらくのあいだ、ぼんやりと身震いしながら、放心状態で、わたしは懸命になにがおかしいのか考えていた。そのうちに、硫黄が燃えるような黄色っぽいあかりの源がどこにあるのかはじめて気づいた。それは地下牢の壁の底辺をぐるり取り巻くような幅半インチほどの裂け目からもれてくる。床と壁のあいだにすきまがあるのだ。わたしはそのすきまのむこうを懸命にのぞこうとしてみたが、無論むだに終わった。

あきらめ、立ち上がったところで、地下牢の変化の謎がただちに解明された。壁に描かれた図像の輪郭ははっきりしているのに、色はぼやけて不明瞭であることはすでに述べた。その色彩が、いまや、おどろくほどの輝きを持ち、その幽霊じみた悪魔的な図像が、わたしより図太い人間でもおののくであろうほど不気味な姿になっていた。荒々しく、ぎょっとするほど生気のこもった悪魔どもの目が、千もの方向からわたしをにらみつけ、それまでなにも見えなかったところに、わたしの空想の産物とはいいがたい現実味のある炎が赤々と燃えている。

現実味があるだと！　それどころか、わたしの鼻には熱せられた鉄が発する熱気が届いているではないか！　地下牢全体に、息が詰まるようなにおいがたちこめている。わたしの苦悶を見つめている目のなかに、刻一刻とさらに濃い炎が宿る。血の恐怖を描いた図像から、より鮮明さを増した赤い光が放散されている。

息が苦しい！　必死で息を吸う！　審問官たちの意図はあきらかだ。なんと無慈悲な！　悪魔にもまさるものどもめ！　灼熱の金属に追いやられて、わたしは身を縮めて地下牢の中央へとにじり寄る。さしせまる熱による死を思いながら、わたしの心に落とし穴の底の水の冷たさが、芳香のようにしのびよってきた。

わたしは落とし穴の縁までかけよった。そこから下をのぞきこむ。灼熱の天井が奥底まで照らしている。しかし、あわやという瞬間、わたしの魂は、自分が見ているものの意味を理解するのを拒んだ。しかしそれは、じわじわとなんとかわたしの魂に押し入ろうとしてくる。わたしの理性を焼き尽くそうとしてくる。ああ！　語るべきことばよ！　ああ！　この恐怖！　ああ！　これ以外の恐怖ならどんなものでも！　わたしは悲鳴をあげながら落とし穴の縁から遠のき、両手で顔をおおった。苦々しく嗚咽しながら。

熱さが急激に増した。ふたたび天井を見上げて、怖気をふるった。地下牢にふたつ目の変化が起きていた。その変化ははっきりと形にあらわれている。

前回同様、最初はなにが起こっているのか必死で頭をめぐらせるのだが、なにがどうなっているのか、さっぱりわからなかった。しかし、それも短いあいだのことだった。審問官たちは、わたしが二度も逃げおおせたことで焦り、もはや恐怖の大王とともに時間をむだにするつもりをなくしたようだ。

　地下牢は正方形だった。しかし、いまは鉄の壁のふたつの角の角度は鋭くなっていて、当然のことながら、残りのふたつの角の角度は大きくなっている。さらにおそろしい変化は低いうなりともうめきともいえる音とともにたちまち増大した。地下牢はみるみるうちに菱形へと形を変えているのだ。しかし、変化はそれだけでは終わらない。もはやわたしも、その変化が終わることを期待もしていなければ、望みもしていなかったが。赤く焼ける鉄の壁に胸をおしつけて、永遠の平和を得ることもできただろう。

「死ぬもよし」わたしはそうつぶやいた。「だが、落とし穴での死だけはいやだ！」

　バカバカしい！　焼けた鉄の目的がわたしをせきたてて落とし穴に落とすことだと気づかないとでも思うのか？　わたしはこの熱に耐えられるだろうか？　たとえ耐えたとして、形を変える壁の圧力には？　そしていまや、菱形の形はどんどん細長くなっている。ぐずぐず考える暇を与えない勢いだ。

地下牢の中央には、もちろんのこと、大きな落とし穴が口を開けている。わたしはあとずさりした。しかし、迫りくる壁がいやおうなくわたしを前へと押し出す。焼かれて身もだえするわたしの体を支える足掛かりとなる地下牢の硬い床の幅は、もはや一インチもない。これ以上の抵抗はむだだ。だが、苦悶するわが魂は、最後にもう一度だけ、大きく長く、絶望の叫び声を発した。わたしの体が落とし穴にむかってかたむくのが感じられた。わたしは目をそむけた……。

そこへ、人々が争うような声がきこえてきた！　たくさんのトランペットがいっせいに鳴ったかのような大きな爆発音もする。千の稲妻が落ちるようなはげしいゴロゴロという音もする。熱い壁が後退しはじめた！　気を失いかけて、奈落へ落ちそうになったわたしを、がっしりとつかまえる手がのびてきた。それはラサール将軍その人の手だった。フランス軍がトレドに入ったのだ。異端審問所は敵の手に落ちた。

スフィンクス

ニューヨークがあのおそろしいコレラの猛威にさらされていたあいだ、ぼくは親戚でもある友人からの招待を受けて、ハドソン川河畔のオルニー荘という小屋で二週間ほど避難生活を送っていた。

その地には、ありとあらゆる夏の楽しみが待っていた。つまり、森のなかの散歩、絵を描いたり、ボート遊びに魚釣り、水遊びや音楽、そして読書といったぐあいだ。しかし、都心から毎朝届くおそろしいニュースのせいで、心から楽しむことはできなかった。知り合いのだれそれが亡くなったというニュースが届かない日は、一日としてなかったからだ。死者の数がふえるにつれて、ぼくたちも友人の死を、毎日予期せざるをえなくなっていた。やがて使者が近づくだけで身震いするようになった。南からの風は、ぼくたちにとって死の香りだった。

そうしたおそろしい感覚は、ついには、ぼくの魂すべてを支配するようになってしまった。もはや死について以外、なにひとつ語ることも、考えることも、夢を見ることもなくなった。オルニー荘の主は、彼自身大いにショックを受けていたものの、ぼくほどには過敏な性格ではなかったため、なんとかぼくを支えようとしてくれた。彼の豊かな哲学的知性は、どんなときでも非現実的なことに悪影響を受けることはなかった。恐怖の本質を敏感に感じ取っても、死の影をおそれることはなかった。

彼は、異常にふさぎこんだぼくを、なんとか元気づけようとしてくれたけれど、ぼくが彼の書斎で何冊かの本を見つけたせいで、なかなかうまくいかなかった。その本とは、ぼくが先祖から引き継ぎ、胸の奥に眠っていた迷信を芽吹かせるような性格のものだった。それらの本は彼にないしょで読んでいたため、ぼくがなぜそれほど強い空想を抱いているのかわからず、彼はしばしば途方に暮れていた。

ぼくのお気に入りのトピックは、予兆にかかわる迷信で、この時期のぼくは、真剣に受け止めていた。ぼくたちは、この話題について、長々と熱のこもった議論をしたものだ。彼は常に、そうした迷信のバカバカしさをいいたてた。それに対して、ぼくは、だれかが意図して吹きこんだわけでもないのに自然に発生して広がるような迷信には、あきらかな真実がふくまれていて、天才の直感とおなじように、できる限り敬意をはらうべきだと反撃した。

実際のところ、この小屋に到着した直後、ぼくはまったく説明がつかないような経験をしていた。それはあまりにも不気味で、それを不吉な予兆と受け止めたのも当然だった。それは心底おそろしく、それと同時に、ひどくとまどってしまうようなもので、彼にくわしく伝える決意ができるようになるまで、何日もたってしまった。

息苦しいほど蒸し暑いある日の夕暮れどき、ぼくは本を手に、開いた窓のそばにすわり、川岸から遠くの丘を見わたしていた。ぼくの位置からいちばん近くに見える丘の表面に、地滑りでも起こったのか、木におおわれているはずの地面が、一部むきだしになっているところがあった。

ぼくは目の前にある本を忘れ、陰鬱で荒れ果てたニューヨークのことをぼんやり考えていた。ふとページから目を上げると、ぼくの目は丘の表面のむきだしの部分に釘づけになった。そこにはあるものが、身の毛もよだつようなおそろしい形をしたあるものがいた。それは丘の頂上からふもとへとすばやく動き、丘の下にある深い森へと姿を消した。その化け物を目にして、ぼくは自分自身の正気を疑った。すくなくとも、自分の目の確かさを疑った。

ずいぶん時間がたって、自分の気がふれたのでも、白昼夢を見ていたのでもないと確信するにいたった。その化け物の姿を描写してみたところで、残念ながら、ぼく自身以上に、読者のみなさんにはとても信じてもらえないだろう。しかし、この目ではっきりと見、その後、時間をかけてじっくり冷静に考えた結果なのだからしかたがない。

その化け物の大きさは、地滑りをまぬがれた森の巨木数本とくらべて推測するに、世界最大の軍艦をもはるかにしのぐと思われた。軍艦にたとえたのは、その化け物の姿が、七十四門砲を備えた軍艦にいちばん近く見えたからだ。その口は、長さが六、七フィートほどで、普通のゾウの胴体ほどはありそうな太さの、くちばしとも鼻とも思えるものの先端についていた。その鼻の根元には黒々とした毛がもしゃもしゃとはえているのだが、その量たるや、バッファロー二十頭分はゆうにありそうだ。そして、その毛のなかから、下にむけて外に広がるようにそり返った牙が二本はえていて光を放っている。イノシシの牙と似ていなくもないがずっと大きい。鼻と並行するようにその両わきに三、四十フィートほどの巨大なものが前方にむかってのびているのだが、まじりけのない水晶ででもできているのか、その形といい、その輝きといい、完璧なプリズムのようだ。かたむきはじめた太陽の光を、きらびやかに反射していた。

胴体は大地に打ちこまれたくさびのようだ。その化け物からは二対の翼がはえている。それぞれ長さにして百ヤードはあろうかという翼で、二対は折り重なるように位置していた。それぞれの翼は分厚い金属質のうろこにおおわれている。うろこのひとつひとつは、直径十から十二フィートはあるだろうか。上下の翼のあいだが、じょうぶそうなチェーンでつながっているのが観察できた。

しかし、このおぞましい化け物を特徴づけているのは、なんといっても髑髏模様だ。胸部の表面全体をおおうように、黒っぽい体色の上にまばゆいほどの白で芸術家がていねいに描いたかのように正確に浮き出ている。このおそろしい生き物の、特にその胸の模様を見つめていたぼくには、恐怖と畏敬の念がこみ上げてきた。

どんな理性をもってしても、いずれやってくる悪運を避けることなど不可能なのだ。そのとき鼻の先端にある巨大なあごがとつぜん広がって、そこからバカでかいおそろしい音が発せられた。その音は弔いの鐘のように、ぼくの神経をずたずたに引き裂いた。化け物が丘のふもとに姿を消すや、ぼくは気を失い、床に倒れ伏した。

意識がもどってまっさきに考えたのは、彼にぼくが見聞きしたものを伝えるということだった。しかし、自分でも説明できない気持ちにとらわれて、結局告げられずにいた。

そのできごとが起こって三、四日のちのある夜、ぼくたちは、あの化け物を目撃した部屋にいた。ぼくはあのときとおなじ窓辺の席にすわり、彼は近くのソファでくつろいでいた。

その場、そのときの雰囲気が、あの化け物のことを告げる気を起こさせたのだろう。彼は最後までぼくの話をきいてくれた。最初は楽しげに笑っていたが、やがて、大げさなほど真剣な表情に変わっていった。まるで、ぼくが正気を失ったのは疑いようがないとでもいうように。

ところが、ちょうどその瞬間、ぼくはあの化け物をまたもやこの目で見た。ぼくはおそろしさに悲鳴をあげ、彼にもそちらを見るよううながした。彼は食い入るように見ていたが、なにも見えていないようだ。ぼくはといえば、その化け物がむきだしの丘をかけくだる経路をいちいち報告していたのだが。

ぼくは心底おびえていた。あの化け物は死の予兆であり、さらに悪いことに、気のふれる前ぶれなんだ。ぼくはおそれおののいて椅子に深くもたれ、両手で顔をおおった。手を放して目を開けると、もはやあの化け物の姿はなかった。

しかし、わが友は、落ち着きを取りもどし、ぼくが目にした生き物について、事細かにたずねはじめた。満足いくまできつくした彼は、深いため息をついた。まるで、重圧から解き放たれて安心しきったようなため息だ。

彼は話しはじめた。ぼくにしてみれば残酷なほどの落ち着きぶりで、ぼくたちがこれまで重ねてきた思弁哲学に関するさまざまなものの見方について語りはじめた。ぼくは彼がこれまでしつこいぐらいくり返していた考えを思い出していた。それはつまり、あらゆる人間がおかしがちな過ちの原因は、距離感を図り損ねることで、物事の重要性を過小に、または過剰に評価してしまうということだ。

「たとえば、民主主義が深くいきわたることで人類に与える影響を最大限評価するには、それがどれくらい将来のことなのかという距離感をきちんとわかっていなくちゃだめなんだ。でも、この点を徹底して考え抜いた政治の専門家を、ひとりでもあげることができるかい？」

彼はそこでしばらく黙った。それから、本棚に近寄り、百科事典の一冊を抜き取った。彼はそこで、字が小さいので明るいところではっきり見たいからといって、席を替わるように求めた。彼はぼくがすわっていた窓辺の肘掛け椅子にすわり、本を開き、それまでとおなじように、落ち着いた声で話をつづけた。

「もし、きみが化け物のようすをあれほどくわしく描写してくれなかったなら、あれがなんだったかをきみに教えることはできなかっただろうな。とにかくまずは、スフィンクス属について書かれた説明を読んでみよう。昆虫綱鱗翅目クレスキュプラ科のスフィンクスだ。いいか読むぞ。

四枚の膜状の羽は金属的な色合いを持つ小さなうろこにおおわれている。顎がのびて形成された口吻はぜんまい状に巻かれ、その両わきには大顎と毛状触鬚の痕跡が見られる。小さい羽と大きい羽とは硬い毛でつながっていて、触角は長い棒のような形でプリズム状だ。腹部は先細の形状で、髑髏スフィンクスは、ときどきあげる陰惨な鳴き声とその髑髏模様とで、死の象徴として大衆に恐怖を与えた」

彼は本を閉じ、椅子にすわったまま前のめりになり、ぼくが化け物を目にしたときとまったくおなじ姿勢を取った。

「ああ、いたいた」やがて彼は声をあげた。「また丘をのぼりはじめたぞ。確かに、恐るべき姿の生き物だな。とはいっても、きみが想像したほど大きくもなければ、遠くにいるわけでもない。実際、こいつは窓枠に巣をかけたクモの糸をよちよちはいのぼってるだけのことさ。大きさもせいぜいが十六分の一インチほどで、ぼくの目からも十六分の一インチほどしかはなれてないだろうな」

赤い死の仮面(かめん)

「赤い死」は長きにわたって、国中を荒らしまわっていた。これほどに命取りで残酷な伝染病はほかにない。血こそがこの病の象徴であり、紋章だった。病には血の赤と恐怖がつきまとったのだ。鋭い痛みにはじまり、とつぜんのめまいに襲われ、毛穴からおびただしい血が吹き出し、死に至る。病にとりつかれると、その全身、特に顔に真っ赤なしみが浮きだすのだが、その刻印があらわれたものは、救いの手からも、仲間の同情からも見放されるのが掟だった。この病にかかったものは、ほんの三十分ほどのあいだにみるみる悪化して死を迎えることになる。

しかし、国王プロスペロの心はいささかもゆるがず、聡明な判断を下した。国民の半分が命を奪われると、王は臣下の騎士や貴婦人たちのなかから、頑健で快活な友人たち千人を呼び寄せ、城塞のような宮廷の奥深くへひきこもってしまった。

宮廷は広大で壮麗、王自身の一風変わった趣味をいかした堂々たる建物だ。建物のまわりには堅固で高い壁がめぐらされ、鉄の門扉で閉ざされている。廷臣たちが迎え入れられるや、溶鉱炉と巨大なハンマーが運ばれ、門扉の閂は溶接された。それはつまり、内部でとつぜんの絶望や狂乱に駆られても、出入りは完全に閉ざされたということだ。

宮廷内にはたっぷりの食料も備蓄されている。入念に考えつくされているため、内部の廷臣たちは、伝染病の恐怖から解き放たれた。外部の世界はなるようにしかならない。いまや、病気のことを嘆いたり考えたりするのはバカげたこととなった。

王はありとあらゆる余興も用意してくれている。そこには道化もいれば即興詩人もいる。バレエダンサーも音楽家もいれば、美女とワインもある。これらすべてと安全が、壁のなかにはあるのだ。そこにないのはただ「赤い死」だけだった。

王たちが壁の内側に引きこもって五か月目から六か月目へと移ろうとするころ、外界では相変わらず「赤い死」が暴れまわっていた。しかし、プロスペロ王は千人の友たちを楽しまそうと、豪華絢爛たる仮面舞踏会を開催することにした。

その仮面舞踏会のなまめかしいことといったら。しかし、その前に、舞踏会が開かれた会場について述べておこう。そこは七部屋つづきの豪壮な部屋だ。通常の宮廷では、このようなつづきの間は長くまっすぐつながっていて、折り戸を両わきの壁にたたんでしまえば、さえぎるものなく奥まで見通せるようになっているものだ。しかし、ここではまったくちがう。これもまた、めずらしもの好きの王の趣向に沿ったものといえるだろう。

それぞれの部屋は、不規則にならんでいるため、いちどきに視界に入る空間は限られている。二、三十ヤードごとに鋭いまがり角があって、角をまがるたびに新奇な空間が目に入る。それぞれの部屋の左右両わきの壁のまんなかあたりには、縦に細長いゴシック風の窓があり、まがりくねったつづきの間にそって作られた廊下をのぞけるようになっている。それぞれの窓にはステンドグラスがはまっているのだが、その色は、それぞれの部屋の統一された調度品の色に合わせてある。

いちばん東の部屋は青だ。目の覚めるような青い窓だった。二番目の部屋は装飾品やタペストリーに合わせた紫。どこもかしこもが緑の三番目の部屋の窓は緑だった。四番目は調度品も窓もオレンジ色。五番目は白で、六番目は菫色だった。そして、七番目の部屋の壁には、天井から黒いベルベットのタペストリーがすきまなくかかっていて、おなじ材質、おなじ色のカーペットまでつながっている。しかし、この部屋に限っては、窓の色は室内の色とはちがう。この部屋の窓ガラスは赤だった。血の色の深い赤だ。

これら七つの部屋にはランプも燭台も置かれておらず、天井の中央からぶらさげられた贅を尽くした金の装飾品が光をまき散らすだけだった。しかし、部屋に沿ってつづく廊下の窓の反対側には、かがり火の燃える重厚な三脚台があって、色つきのガラスを通して部屋のなかへ、ぎらぎらとあかりを投げかけている。こうしたあかりの効果もあって、豪華で幻想的な雰囲気がかもしだされていた。

しかし、黒いタペストリーに、血のように赤い窓から炎の光がさしこむいちばん西の黒い部屋は、おぞましいほど不気味で、そこに足を踏み入れたものの顔に恐怖を浮かばせた。もっとも、その部屋にわざわざ入っていくもの好きはほとんどいないのだったが。

　そして、その黒い部屋の一番奥の壁には、黒檀製の巨大な柱時計がかかっていた。振り子は鈍く重い単調な音を響かせつづけ、分針が一周するたびに時刻を知らせる鐘を鳴らした。真鍮の胴で響くその音は、明瞭で大きく深く、過剰なほど音楽的であるため、毎時、その音が響くたび、楽隊はふと手を止め、ききいってしまう。そのためワルツを踊る者たちもくるくるまわるのをやめて、楽しい時間に一瞬のとまどいが走る。時計の鐘が鳴るあいだに、踊り手たちの顔は青ざめ、年長のものも、落ち着きはらったものも、夢想にふけるか、瞑想をはじめたかのように思わず額に手をあてるのだった。

　しかし、その残響がすっかり消えてしまうと、ただちにはじかれたような笑い声が広がる。音楽家たちは、まるで自分たちの臆病さや愚かさを笑うかのようにおたがいに微笑みをかわし、どうか次の鐘が鳴った際には、おなじような気分にならずにすみますようにとひそかにつぶやくのだった。しかし、六十分つまり三千六百秒の空白ののち、柱時計はまたしても鐘を鳴らし、またしてもおなじとまどいとおののき、瞑想を引き起こすのだ。

そのようなことはあるにせよ、この舞踏会は陽気で壮麗なものだった。王は一風変わった趣味を持っている。色とそのもたらす効果にすぐれた目を持ち、単なる流行の装飾などには目もくれない。王の計画は大胆で情熱的、その構想は荒々しい光を放っていた。王のことを狂人だと思うものがいたとしても不思議ではない。従者たちはそうは思っていなかったが。王のことばを直接きき、姿を見、触れたものだけが、狂人などではないことを確信できる。

この饗宴にむけて、七つの部屋の家具や装飾について、そのほとんどを王自身が指示を下した。仮面舞踏会の性格づけをしたのも王本人だ。なにより大切なのはグロテスクなこと。けばけばしさやきらびやかさ、刺激と幻想が重視された。どこか不釣り合いな手足や装飾品をつけた異国風の衣装が見られた。狂人の思いつきかと思うようなでたらめなファッションもいい。美しさと豪華さ、風変わりさをたっぷり盛りこみ、おそろしさもなくてはいけない。そして、いやな気分になるほどの興奮は大歓迎だった。

こうして、七つの広間をたくさんの「夢」が歩きまわることとなった。そして、これらの夢はそれぞれの広間の色調をまとい、足音のこだまとも思える荒々しい音楽を楽隊に演奏させた。

そしてふたたび、黒いベルベットの部屋に鎮座する黒檀の柱時計が鐘を鳴らす。それ以外のすべての音はかき消され、夢たちはその場に立ちつくして凍りつく。しかし、鐘のこだまが消え失せると、軽やかな、すこし控えめな笑い声がわき起こるのだ。音楽は音量を上げ、夢は生気を取りもどし、それまで以上に陽気に、色のついたガラスを通して投げかけられるかがり火の光を受けて、色づく。

いちばん西の端にある七番目の広間へと、あえて足を踏みこもうとする仮面の参加者はひとりもいなかった。夜はふけ、血の赤の窓から差しこむ光はさらに赤みを帯び、黒いタペストリーはますます黒味を増したからだ。そして、黒いカーペットに一歩足を置こうものなら、黒檀の柱時計の時を刻む音が、遠くの広間でうかれた声にまぎれてきいたときとはくらべものにならないほど厳粛で重々しく響いてくる。

しかし、それ以外の広間には人があふれ、命そのものの音である心臓の鼓動が熱を帯びて鳴り響いている。深夜を告げる時計の鐘が鳴るまで、その熱狂はうずまきつづける。すでに語ったように、鐘が鳴ると音楽は止み、ワルツを踊る足も止まり、すべてが居心地の悪い宙ぶらりんになってしまう。しかし、このたびの鐘は十二度、うかれ騒いでいたものも物思いにふけるには十分な間合いだった。

そのせいもあったのか、最後の鐘が完全に静寂へと消える前に、何人もの参加者たちが、それまでまったくその存在に気づきもしなかった仮面の人物を見とがめた。新しい参加者があらわれたという噂はたちまちひそひそ声で広がり、ざわめきとつぶやき、当惑やおどろきの声があがり、やがては恐怖や嫌悪まで引き起こした。

　これまでに述べたような、そもそもが幻想的な舞踏会においては、なみたいていの扮装ではこれほどの混乱を引き起こしはしない。事実、この仮面舞踏会の扮装にはいっさいの規定などなかった。にもかかわらず、くだんの人物は異彩中の異彩、漠然とした王の想定をはるかに超えるものだった。

　人の心には、それ以上は触れてはならないという琴線があるものだ。生も死も笑いの種でしかないというような、心の琴線をなくしてしまったものにだって、笑いではすまされないことはあるものだ。しかし、このだれだかわからない仮面の人物には、機知や礼儀のかけらもないと、参加者のだれもが心の深くから感じた。

　その人物は細身で長身、頭のてっぺんから足の先まで死装束に包まれていた。その仮面は硬直した死体の無表情をまとっていて、間近で検分したところで死体と見まちがえただろう。そこまでならば、怒りに駆られた参加者たちもまだしも耐えられたかもしれない。しかし、その人物は、あきらかにやりすぎていた。「赤い死」による死者を模していたのだ。死装束は血にまみれ、大きな特徴であるその広い額には、恐怖の赤いしみがちりばめられていたのだ。

　プロスペロ王の目が、ついにこの不気味な人物にそそがれた。その人物はゆっくりとおごそかな足取りで、ワルツを踊るものたちのなかを歩きまわっていた。はじめ、王は恐怖でか嫌悪感でか、ぶるっと身震いしたが、次には額を怒りに赤らめた。

「あれは、なにものだ?」王は近くにいた廷臣にかすれ声でたずねた。「これほど冒瀆的な真似をしてわれわれを侮辱するのは、いったいなにものなのだ? ただちにとらえて、仮面を取れ。素性をあきらかにして、明日の日の出とともに、胸壁よりつるし首にせよ!」

　プロスペロ王がそのことばを発したのは、いちばん東の青の広間だった。その声は七つの広間に朗々とはっきり響きわたった。勇猛で頑健な王が振りまわす手を合図に音楽は止んでいたからだ。

　その東の青の広間の王のかたわらには、ひとかたまりの青ざめた廷臣たちがいた。王が声を発したとき、そのなかから何人かが不審な仮面の人物にむかう動きがあった。仮面の人物は、最初からそれほど遠くにいたわけではなかったのだが、声をあげた王にむかって、しっかりした足取りでさらに近づいてきた。しかし、舞踏会の参加者全員がこの人物にいいようのないおそれを抱いたためか、だれひとり、その行く手を阻もうとはしなかった。

だれにもじゃまされず、仮面の人物は王のすぐわきを通りすぎた。大勢の参加者たちは、その動きに部屋の中央から壁のほうへとおしやられるように移動したため、仮面の人物はやすやすと進んだ。そして、その特徴的なおごそかで確実な足取りで、青い広間を通り抜けて紫の間へ進み、さらに緑からオレンジ色、白から菫色へと進んでいった。

その間もこの不審人物をつかまえようという動きは起こらない。だが、怒りと、一瞬でもひるんでしまった自分の臆病さを恥じる気持ちとでわれを忘れたプロスペロ王が、六つの広間を駆け抜けた。それでもなお、あまりもの恐怖に身動きが取れず、王にしたがうものはだれひとりいない。

抜身の短剣を高く掲げた王は、すばやい足取りで仮面の人物に迫る。その距離がもはや三、四フィートになろうかというとき、黒い広間にたどりついた仮面の人物が、とつぜん振りむいて、王と正面から対峙した。鋭い悲鳴とともに、短剣はきらめきながら黒いカーペットの上に落ち、その直後、その短剣の上におおいかぶさるように、命を失ったプロスペロ王が倒れ伏した。

その後、勇気を振りしぼった参加者たちが大勢黒い広間になだれこみ、黒檀の柱時計の陰にじっと立っている背の高い仮面の人物につかみかかった。一同はいっせいに、いいしれない恐怖に息をのんだ。手荒く引きはがした死装束と死体のような仮面のなかには、なにもなかったのだ。ただ、空間だけがあった。

それはまさに「赤い死」だった。夜盗のようにしのびより、ひとりまたひとりと踊り手たちを血で染めて、くずおれたときの絶望的な姿勢のまま死へと追いやった。そして、城内の最後の人間が死んだとき、黒檀の柱時計も動きを止めた。三脚台のかがり火も消え果てた。こうして、闇と腐敗、「赤い死」が果てしなくすべてを支配した。

黄金虫
おうごんちゅう

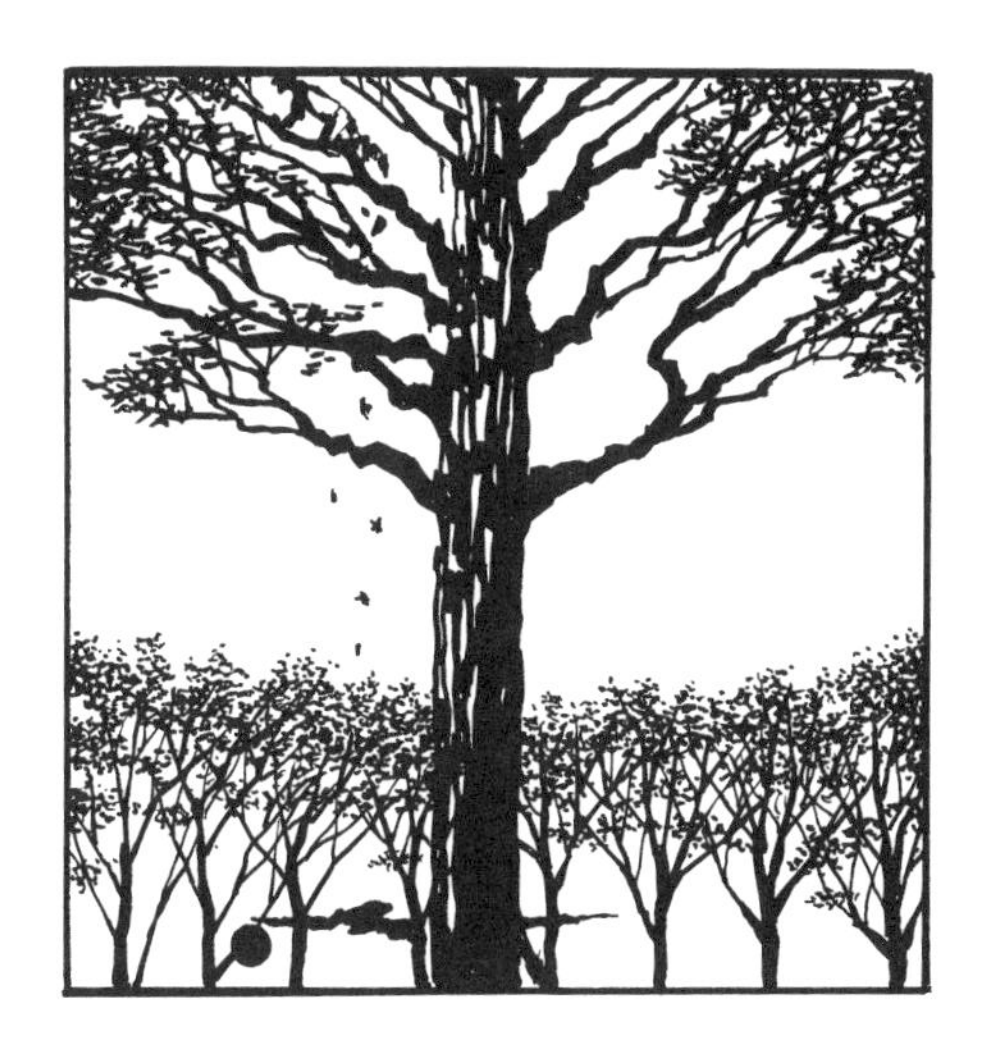

　何年も前、わたしはウィリアム・レグランドという男と親しくつきあっていた。この男、かつては富豪といわれたユグノー派の家系の出なのだが、不幸つづきの末にすっかりおちぶれてしまった。没落にともなう屈辱を避けるため、彼は祖先の地、ニューオーリンズを去り、サウスカロライナ州のチャールストンにほど近いサリバン島に移り住んだ。

　サリバン島はとても風変わりな島だ。ほとんどが砂浜で、長さは三マイルほど、幅はせいぜい四分の一マイルほど。島は本土から、ちょっと見にはわからないほどの浅い海峡でへだてられている。葦が生い茂り、クイナのお気に入りの生息地となっているじめじめした海峡だ。

　植生も乏しく、木は大きく育たない。巨木といえるようなものは一本もない。モールトリー要塞と、夏のあいだ、チャールストンのほこりと暑気から逃れてきた人たちが借りている、いくつかのみすぼらしい建物のある島の西端の近くにいけば、剛毛の生えたパルメットヤシが見つかるかもしれない。しかし、この島の西端と硬く白い砂浜を別にすれば、イギリスの園芸家なら小躍りするようなギンバイカが、島全体をびっしりとおおっている。木々の背丈は五、六メートルに達し、人の立ち入れない雑木林を形成し、その香りであたりの空気を圧する。

その雑木林の奥の奥、島の東端からさほど離れていない場所に、レグランドは小さな小屋を建てていた。わたしたちがひょんな偶然からはじめて知り合ったとき、彼はその小屋に住んでいた。ふたりの関係はすぐに友情へと発展した。この世捨て人には、大いに好奇心をそそられたし、尊敬にも値すると思った。

レグランドには教養があり、高い知性を備えているが、世間とは距離をおき、熱情と無気力が交互にあらわれるような気分屋でもあった。蔵書はたくさんあるのに、めったに読むことはしない。狩猟と釣り、浜辺や雑木林を歩きまわって貝殻や昆虫の標本集めをすることに多くの時間を費やしていた。昆虫標本にいたっては、オランダの昆虫学者スワンメルダムをもうらやましがらせるだろうほどだった。

こうした小遠足の際には、ジュピターという名の老いた黒人を伴うことが多かった。ジュピターはレグランド家の家運がかたむく前に奴隷から解放されていたのだが、脅されたからでも、なんらの取り決めがあったからでもなく、若き「ウィルだんな」に進んでつきしたがうことにしたという男だ。レグランドのことをどこかしら精神的に危なっかしいと考えた親類縁者たちが、ジュピターに、レグランドには見守り、助けるものが必要だとじわじわ吹きこんだ結果だと考えても、それほどまちがってはいないだろう。

サリバン島の冬はそれほどきびしいものではなく、秋に火が必要なこともめったにない。ところが、一八××年の十月なかば、その日はとても冷えこんだ。日没の直前、わたしは常緑樹のなかの道を抜けて、わが友の小屋へと急いでいた。訪れるのは数週間ぶりだった。当時、わたしの家は島から九マイルほど離れたチャールストン市内にあって、いまとはちがい、道路事情は悪く、とても遠く感じられた。

小屋に着くと、いつものように扉をコツコツたたいてみたが返事がないので、かくし場所からカギを取り出し、小屋のなかに入った。暖炉には赤々と火が燃えていた。これははじめてのことで、たいへんありがたかった。わたしはコートを脱ぎ捨て、パチパチと音を立てて燃える薪のそばの肘掛け椅子に腰かけ、レグランドたちが帰るのをしんぼう強く待った。

暗くなってまもなくふたりは帰ってきて、心からわたしの訪問をよろこんでくれた。ジュピターは満面の笑顔で、せかせかとクイナ料理に取りかかった。レグランドも、ほかにいいようがないのだが、熱に浮かされたように元気いっぱいだった。新種らしき未知の二枚貝を見つけただけにとどまらず、ジュピターの手を借りて、まったくの新種と思われるコガネムシを捕獲したのだという。ただ、それについては明日になったらわたしの意見をききたいということだった。

「なぜ、今晩じゃだめなんだい？」わたしは火にかざした手をこすりながらたずねた。コガネムシのことなど、知ったことではないのだ。

「ああ、きみがいるとわかっていたらなあ！」レグランドがいった。「けど、ずいぶんひさしぶりだったものだからね。よりによって今晩、訪ねてくれるなんて予想できなかったよ。実はね、帰り道で要塞のG中尉と出くわして、見つけたコガネムシを貸してしまったのさ。バカなことをしたもんだ。それで、明日の朝まできみには見せられないってわけなのさ。今晩は泊まっていってくれよ。日の出のころ、ジュピターをやって取りもどさせるから。それはそれはすばらしいんだよ!」

「すばらしいって、日の出がかい?」

「まさか! ムシだよ。ピカピカと金色に輝いていて、大きめのクルミぐらいはあるな。背中の上のほうにまっ黒な模様がふたつついているんだ。そして、下のほうには細長い点がある。それで、触角は……」

「やつはショッパクなんかないよ、ウィルだんな」ジュピターが口をはさんできた。「さっきからずっといってますがね、あのムシっこは金の虫だ。羽以外は全部、金でできてるんだよ。あれの半分の重さの虫だって、これまで一度だって見たことがないね」

「ああ、そうかもなジュピター」レグランドが返事をした。わたしには場ちがいなほど熱意のこもった調子に感じられた。「だからといって、フライパンの鳥を焦がすのはかんべんしてくれよ。それで、その色なんだが」

そういって、わたしのほうに顔をむける。

「ジュピターがあんなことをいうのも無理がないと思えるようなものなんだ。あれほど金属的なきらめきを、ぼくは一度だって見たことがないよ。まあ、それは明日きみに判断してもらおう。それはさておいて、形についていくつか教えておくよ」

そういうと、レグランドはペンとインクが置いてある小さなテーブルの前にすわった。だが、紙がない。引き出しをゴソゴソ探しても一枚も見つからないようだ。

「まあいい」やがてそういうと、「こいつに描こう」といってベストのポケットから薄汚れた紙切れを引っ張り出し、そこにペンでなぐり書きをはじめた。

そのあいだ、わたしは椅子を火のそばから動かさなかった。まだ、寒かったからだ。

絵が完成すると、彼はすわったままそれをわたしに差し出した。受け取るとき、大きなうなり声がしたかと思うと、ドアをひっかく音もする。ジュピターがドアを開けると、レグランドの愛犬である大きなニューファウンドランド犬が飛びこんできて、わたしの肩にのしかかり、ぺろぺろと顔をなめる。以前、ここを訪れたときに散々かまってやったのを覚えているのだろう。ひとはしゃぎが終わると、わたしは改めて紙を見た。正直なところ、レグランドが描いたものを見ていささかとまどいを覚えた。

「なるほど!」しばらく見つめつづけたあと、わたしはようやく切り出した。「これはまた、かわった虫だね。こんなもの、これまでに見たことがないよ。これはなんというか、虫というより髑髏にしか見えないな」

「髑髏だって!」レグランドが叫ぶ。「確かに、絵にしてみるとそうかもしれないな。上のほうにあるふたつの黒い点は目のようだね。下の細長いのは口のようだ。それに全体の形は楕円形だし」

「そのせいなんだろうね」わたしは答えた。「だけど、きみはあんまり絵がうまくないんじゃないかな。この目でその虫を見るまで待ったほうがよさそうだ。その虫の形をちゃんと知ろうとするならね」

「そうだろうか」レグランドはすこしむっとしたようすでいった。「かなりうまく描けたと思ってるんだけどな。有名な絵描きの下で学んだことがあるし、自分じゃ、かなりの腕前だと思ってるんだがね」

「参ったな、冗談なんだろ」わたしはいった。「どう見てもこれは髑髏だよ。すばらしい髑髏だといってもいい。わたしの生半可な生理学の知識からするとね。それに、もし、この絵に似てるというなら、そいつは世界一奇妙な虫だってことになるな。その虫をヒントにおもしろい迷信をでっちあげられるんじゃないか？　ドクロムシとかなんとか、そんな学名をつけられるかもしれないぞ。博物学の世界じゃ、似たような話はいくらでもあるだろ？　ところで、きみが話しかけてた触角ってのはどこにあるんだい？」

「なんだって！」レグランドがいう。この話題におかしなほど食いついてきた。

「触角がわからないはずはないだろう。実物を見たのと変わらないぐらいはっきりと描いたんだから。見落とすはずがないよ」
「ちょっと、待ってくれよ。きっと描いたんだろうけど、わたしには見えないよ」わたしはそれ以上なにもいわずにその紙を返した。この上さらに彼の気持ちを害したくなかったからだ。それにしても、彼の反応にはおどろかされた。彼の不機嫌なようすにとまどわされたのだ。というのも、彼が描いた虫の絵のどこにも触角は見あたらないのだから。どう見てもこの絵は髑髏にそっくりだ。

　レグランドはむっつりとしたまま紙を受け取った。いまにもくしゃくしゃに丸めて火に放りこみそうになったが、絵をちらっと見たとたん、目が釘づけになっている。レグランドの顔がみるみる真っ赤になった。そしてすぐに、真っ青になる。レグランドはしばらくのあいだ、すわったままでその絵をすみずみまでじっくり見つづけた。やがて立ち上がると、テーブルからロウソクを取り、部屋のいちばん奥にあるチェストのところまで持っていって、そこに腰かけた。

　彼はふたたび、何度も紙を引っくり返しながら念入りに見はじめた。その間、レグランドはひとことも発しない。そんなふるまいに、わたしは大いにおどろかされた。しかし、わたしがなにかいうことで、ただでさえ不機嫌な彼をさらに悪化させるのをおそれて、わたしも口を閉ざしていた。

やがて、レグランドはコートのポケットから財布を取り出し、その紙を丁寧にしまいこんだ。それから、財布ごとライティングデスクのなかにおさめて、カギをかけた。すっかり落ち着きを取りもどしたようで、最初の熱に浮かされたような態度はなりをひそめてしまった。不機嫌というより、ぼんやりとしたようすだ。

夜がふけるにつれて、もの思いに沈んでしまい、わたしが冗談をいっても相手にしない。これまで何度もそうしてきたように、その日はレグランドの小屋で夜を過ごすつもりでいたのだが、肝心のレグランドがそんなようすなので、わたしは退散したほうがいいだろうと考えた。レグランドも引き留めようとしなかった。それでも、別れ際の握手には、普段よりもずっと心がこもっていたような気がした。

それからほぼ一か月後、その間、レグランドとは一度も会うことがなかったのだが、チャールストンの自宅にレグランドの使用人、ジュピターがとつぜんやってきた。そんなにしおれたようすのジュピターを見たことがなかったので、友人のレグランドになにか深刻な災難が振りかかったのではないかと不安になった。

「やあ、ジュピター、いったいどうしたんだい？　だんなさんはどうしてる？」わたしはたずねた。

「正直なところ、さっぱりよくないんですな」

「よくないだって！　それは心配だな。いったいなにがあったんだい？」

「ああ、それですよ！　どこも悪くないっていい張るところが、めっきり悪い病気の証拠にちがいないんだ」

「悪い病気だって？　どうして、もっと早く教えてくれなかったんだ？　レグランドは床に臥せってるのかい？」

「いいや、そうじゃない。どっこも悪くないっていうところが問題なんです。だからつらくって。かわいそうなウィルだんなが、心配で心配で」

「なあ、ジュピター。しっかり教えてくれないか。おまえはだんなさんは病気だといったね。レグランドはなにを思いわずらってるのか、いわないのかい？」

「だんなさんは、あれのことですっかりのぼせあがっちまって。ウィルだんなは、なにひとついっちゃくれないけど、なんだかあちこち探しまわっておいでなんだ。下ばっかり見て、肩をいからせて幽霊みたいに真っ白な顔をして。それに、いっつも計算して歩いてるんです」

「なにをして歩いてるって？」

「計算してるんですよ。石板で。あんな変てこな絵ばっかり描いて、こわくってしかたないよ。ひとときも目を離せないんです。このあいだも、日の出前にどこかへいっちまって、一日中帰ってこないんだ。帰ってきたなら、一発食らわしてやろうと棍棒を用意してたんだけど、もちろん、そんな度胸はなかったよ。だんなさんが、あんまりみじめに見えるもんだから」

「なんだって？　ああ、そうか！　あんまりつらくあたっちゃだめだよ。たたくなんてもってのほかだよ、ジュピター。きっとレグランドには耐(た)えられないだろうからね。それにしても、どうしてそんなにぐあいが悪いのか、というか、ようすがおかしいのか、なにか思いあたることはないのかい？　この前、わたしが訪(たず)ねてから、なにか不愉快(ふゆかい)なことでもあったのかい？」

「いいや、あのあと、不愉快(ふゆかい)なことなんか、なんにもないですよ。いっちゃあなんだが、今度のことは、おまえさんがやってきた日にはじまったことなんです」

「なんだって？　それはどういうことなんだ？」

「ああ、虫ですよ。あの虫っこのことですって」

「なんだって？」

「虫だってば、虫。おいらにははっきりわかってるんだ。ウィルだんなは、あの金の虫っこに頭のどっかをかまれたにちがいないんだ」

「いったい、なんだって、そんな風に思うんだい？」

「あの爪(つめ)、それにあの口も。あんないまいましい虫、見たことがないよ。やつは、近づいたものにはなんでもひっかいてかみつきやがるんだ。ウィルだんなは、やつをつかまえたけども、すぐにはなさなきゃならなかった。あのとき、かみついたにちがいないんだ。あいつの口の形ときたら、まったく気に食わないね。だから、この手でつかむのはやめにして、見つけた紙でつかんだってわけだ。あの紙で包んで、口に紙のはしっこをつっこんでやった。こんなぐあいにね」

「それでおまえは、だんなさんはほんとうにその虫にかまれて、そのせいで病気になったと考えてるのかい？」

「考えてるんじゃなくて、本当にそうなんだから。昼まっからあんなにぼんやり金の夢（ゆめ）ばっかり見てるのは、金の虫にかまれたからにちがいないんだ。前にも金の虫のことはきいたことがあるしね」

「だけど、おまえはどうしてだんなさんが金の夢（ゆめ）を見てたって知ってるんだい？」

「どうして知ってるかって？　だんなさんは寝言（ねごと）でいってなさるから。それでわかったんだよ」

「なるほど、きっとおまえのいうことは正しいんだろう。だけど、いったい今日はどうして、わたしのところを訪ねてくれたのかな？」

「どういうことで？」

「レグランドから伝言でもあるのかい？」

「いいや。でも、こいつを預かってきましたです」ジュピターはそういって、一枚のメモを手わたした。

親愛なる友よ
どうして、こんなに長いあいだ、訪ねてきてくれないんだい？　まさかとは思うが、ぼくが不愛想にしたからって、気を悪くしてないといいんだけど。前回きみにあって以来、実はたいへん気がかりなことがあってね。どう説明したらいいのか、さっぱりわからないんだが、きみに話したいことがある。話すべきかどうか、まだ迷ってはいるんだけれど。

ここのところ数日ほど体調が悪かったので、ジュピターじいさんには心配をかけてしまった。あんまり心配するんで、うんざりするほどだったよ。こんなこと信じられるかい？　ある日など、ぼくを折檻しようと、太い棒を用意してたほどなんだ。ジュピターの目を盗んで、一日中ひとりで本土の丘をうろついていたからだ。ぼくがやつれた顔をして病気に見えなければ、ジュピターにたたきのめされてたのはまちがいないな。

ぼくたちがあった日から、収集物はなにもふえていない。

もし可能なら、ジュピターといっしょにきてもらえると、とてもありがたい。どうか頼むよ。ある重要な件で、今晩、ぜひ会いたいんだ。ほんとうに重要な用件であることは保証するよ。

ウィリアム・レグランド

その手紙の調子のどこかに、わたしはとても落ち着かない気分を抱いた。いつものレグランドの文章のスタイルとはかけはなれている。なにか夢でも見てるんだろうか？　興奮しやすい彼の脳に、どんな新奇な思いつきがふってわいたんだろう？　いったいどんな「ほんとうに重要な用件」があるというのだろう？　ジュピターから見たレグランドは、いささかおかしいようだ。不運つづきのプレッシャーが、わが友レグランドの正気を失わせたのでなければいいのだがとおそれた。そこで一瞬もためらわずに、ジュピターといっしょに出る準備をした。

　波止場に近づくと、わたしたちが乗りこむヨットの船底に、大きな草刈り鎌一挺と鋤三挺ころがっているのに気づいた。どれもピカピカの新品だ。

「これはいったいなんなんだい？」わたしはジュピターにたずねた。

「鎌と鋤ですよ」

「うん、それはわかってる。わたしがききたいのは、どうしてこんなものがあるのかってことなんだ」

「ウィルだんなに街で買ってくるようにいわれたですよ。とんでもなく高くついちまった」

「いや、だから、ウィルだんなは鎌と鋤でなにをやろうとしてるのかが知りたいんだよ」

「そんなこと、わかるもんかね。ウィルだんなだってわかっちゃいないさ。だが、あの虫っこのせいだってのはまちがいないさね」

ジュピターから満足のいく答えを得ることはできそうにない。どうやら、ジュピターが気にしているのは、あの「虫っこ」のことだけのようだ。

わたしはヨットに乗って帆を上げた。強い追い風に乗って、わたしたちはじきにモールトリー要塞の北にある小さな入り江に入った。そこから二マイルほど歩くとレグランドの小屋に着いた。午後三時ごろのことだ。

レグランドはわたしたちを待ち焦がれていたようだ。あまりにはげしく手を握ってくるので、気おくれがしてしまうほどだったし、わたしのなかに浮かんでいた疑惑がますます強くなった。顔はぞっとするほど青ざめ、深くくぼんだ目は、不自然なほどぎらぎら輝いている。健康状態について二、三質問したあと、ほかにいうことも思い浮かばず、G中尉から例の甲虫を取り返したのかとたずねた。

「ああ、取り返したよ」急に顔に血の気が差す。「あの翌朝にはね。あの虫を手放したりするものか。ジュピターのいってたことは、まったく正しかったんだよ」

「どういう意味だい？」ほんとに気がふれてしまったのかと、悲しい予感を抱きながらわたしはきいた。

「あの虫は本物の金だってことさ」そういったレグランドの顔は大まじめだった。わたしはことばにあらわせられないほどのショックを受けた。

「この虫は、ぼくを大金持ちにしてくれる黄金虫だってことだ」レグランドは勝ち誇ったような笑顔を浮かべてつづけた。「ぼくの一族の財産を取りもどせるぐらいにね。だとしたら、ぼくがあの虫をありがたがるのも不思議じゃないだろ？　運命の女神は、ぼくに与えるのが正しいと考えたのさ。あとはぼくが正しく使って、あの虫が指し示す黄金にたどりつくってことだ。ジュピター、あの虫を持ってきてくれ！」

「なに？　あの虫っこだって！　あの虫っこにはかかわりたくないんだよ。ご自分で取ってきなさるといい」

そこで、レグランドは威厳たっぷりに立ち上がって、ガラスケースからそのコガネムシを取り出し、わたしのところへ持ってきた。それはそれは美しい虫だった。その当時は昆虫学者にも知られていない種で、科学的な価値ははかり知れない。背中の上端に丸い黒い模様がふたつ、下側には細長い模様がついている。硬い羽はつやつやと金色に輝いている。持ってみるとずしりと重く、これらすべてから考えると、ジュピターがあんなことをいっていたのもわかるような気がした。とはいえ、レグランドまでがなぜ同調したのかは、さっぱりわからない。

「きみにきてもらったのはだね」わたしが虫の観察を終えると、レグランドはいかにも大げさな調子で話しはじめた。「きみにきてもらったのはほかでもない。きみにぼくとこの虫の運命の行く末を、相談して、助けてもらいたいと思ったからなんだ」

「なあ、レグランド」わたしは思わず口をはさんだ。「きみは体の調子が悪いにちがいない。十分に気をつけないと。さあ、ベッドにいくんだ。きみがよくなるまで、二、三日そばにいてあげるから。きっと熱があるんだろうし……」

「脈をみてごらんよ」

触れてみると、熱っぽさなどまったく感じられない。

「熱はないかもしれないが、ぐあいが悪いんだよ。どうかベッドに入ってくれ。明日になれば……」

「そうじゃないんだ。胸が苦しいぐらい興奮している割には、元気そのものさ。ぼくの体を心配してくれるんなら、この興奮状態からぼくを解き放ってほしい」

「なにをしろというんだい？」

「かんたんなことさ。ぼくとジュピターは、これから本土の山のなかを探検にいくところなんだが、信頼できる人物の手助けが必要だ。ぼくらが信用できるのはきみしかいない。うまくいっても失敗に終わっても、やりとげさえすれば、ぼくの気もおさまるさ」

「きみが望むなら、よろこんで手助けするけれど、その山への探検とやらに、このいまいましい虫がなにか関係してるのかい?」

「ああ、そうだ」

「そうかレグランド。それなら、そんなバカげた探検にくわわることはできないよ」

「残念だよ。とても残念だ。ならば、ぼくたちだけでやるしかないな」

「きみたちだけでやるだって? ほんとうにおかしくなってしまったのか! いや待てよ、どのくらいの時間をかけるつもりなんだ?」

「たぶん一晩中だな。これからすぐに出て、もどってくる。とにかく明日の日の出までにはね」

「きみの名誉にかけて、どうか約束してほしい。このバカバカしい虫騒ぎが終わって、きみも満足いったなら、家に帰ってきて、わたしの指示にぜったいにしたがうって。医者に診てもらうんだ」

「ああ、約束するとも。それじゃあ、すぐに出かけよう。もたもたしている時間はないからな」

　気が重いながらも、わが友人レグランドについていくことになった。出発したのは四時ちょうどぐらいで、レグランド、ジュピター、犬、そしてわたしという一行だ。草刈り鎌も鋤三挺もジュピターがひとりで運んだ。全部ひとりで運ぶといってきかなかったのは、過剰な忠誠心や親切心からというより、これらの道具を主人の手の届くところに置くのをおそれてのことのようだ。

　ジュピターの態度はいささか頑迷で、探検のあいだ、くり返し口からついて出たことばといえば「あのいまいましい虫っこめが」だけだった。わたしが持っていたのは手提げランプふたつで、レグランドにいたっては、むち縄の先にしばりつけたコガネムシを、手品師のような手さばきで振りまわしているだけだった。心を病んでいることをあからさまに物語るそのようすを見て、わたしは涙を禁じ得なかった。しかし、いまこのときは好きなだけ空想の世界で遊ばせてやって、機会を見はからってなにか手段を講じようと考えていた。

しばらくのあいだ、なんとかレグランドから探検の目的を探り出そうとしたのだが、結局はむだに終わった。わたしを説き伏せて参加させることに成功したいまとなっては、彼にとってささいな話題の会話などしたくないのだろう。わたしのあらゆる質問に対しては「いまにわかるさ！」という答えが返ってくるばかりだった。

　わたしたちは島の先端にある海峡を小舟でわたり、本土の浜から北西にむかって高地へと登りつづけた。だだっ広く、荒れ放題の土地で、人間が踏みこんだ跡はなにひとつ見あたらない。進む方向を決めるのはレグランドだ。ところどころで、わずかな時間立ち止まるだけなのを見ると、事前につけておいた目印でもたよりにしているようだ。

　このようにして、わたしたちは二時間ほど進み、見たことがないほどものさびしい地域に足を踏み入れたところで、太陽が沈みはじめた。そこは一種の台地で、とても登頂できそうには見えない山頂の近くにある。ふもとから山頂までうっそうとした森になっていて、いたるところに巨大な岩が散りばめられているのだが、もたれかかった木だけに支(ささ)えられて、なんとか谷に落ちずにすんでいるようだった。四方八方に深い谷が刻(きざ)まれていて、風景にきびしい荘重(そうちょう)さを与(あた)えていた。

わたしたちがよじのぼった台地にはイバラがびっしりと生(お)い茂(しげ)っていて、大鎌(おおがま)なしには進めないのはすぐにわかった。ジュピターは主人のレグランドにいわれて、一本の巨大(きょだい)なユリノキの根元にまでつづく道を切り開いていった。まわりには十本あまりのオークの木が生えているのだが、そのユリノキはそのどれよりも、そして、これまでに見たどの木よりも高くそびえ立っていた。葉の茂(しげ)り方といい、形といい、大きく横に広がった枝(えだ)ぶりといい、はるかにぬきんでた堂々とした姿(すがた)だ。

その木の元にたどり着くと、レグランドはジュピターにむき直って、この木に登れそうかとたずねた。ジュピターはその質問(しつもん)にすこしたじろいだようで、しばらくは返事をしなかった。それから、太い幹(みき)に近づき、まわりをゆっくり一周しながら、注意深く観察した。それが終わるとひとことといった。

「はい、だんなさま。これまで、登れなかった木なんか一本だってありゃしません」

「じゃあ、すぐにでも登ってくれ。じきに暗くなって、なにも見えなくなってしまうからな」

「どのあたりまで登りましょうかね」ジュピターがたずねる。

「まずは幹にとりついてくれ。そのあとは、どう登ったらいいかぼくが指示する。ちょっと待った！　この虫を持っていってくれ」

「虫っこですって！　あの金の虫じゃないか！」ジュピターはうろたえてあとずさりした。「なんでまた、こんなもんを持って登らなきゃならないんです？」

「おまえは怖いのか？　おまえみたいにでっかい男が、なんの害もないこんなちっぽけな虫を怖がるっていうのか？　なんなら、この糸をつけてぶらさげていってもいいぞ。だがな、どうしてもこれを持って登るのがいやだっていうなら、この鋤でおまえの頭をかち割ってやる！」

「いったいなんだっていうんです、だんなさま」恥ずかしくなってしたがう気持ちになったのは手に取るようにわかった。「いつだって、こんな年寄り相手にがみがみ怒りなさるんだから。ちょっと冗談をいっただけなのに。この虫を怖がってるだって！　こんな虫っこ一匹、どうってことないんだ」そういうと、ジュピターは糸の先をおそるおそるつまんで、なるべく体から遠ざけるようにしながら、木に登る準備をはじめた。

　このユリノキ、学名はリリオデンドロン・トゥリピフェラムといい、アメリカの森のなかではもっとも大きく、若いころその幹は特別になめらかで横にむかって枝を張り出さずにぐんぐんのびるのだが、年代を経るにつれ、幹は節くれだち、でこぼこしてきて、短い枝をのばすようになる。というわけで、目の前にあるこの木は、登るのは見かけほどむずかしくない。

　ジュピターは太い幹を腕とひざで抱えこむようにして、でっぱった場所に手をかけ、つま先を別のでっぱりにかけ、一、二度小さく滑り落ちながらも、とうとう最初の大きな枝にまでたどりついた。そこまでいけば、目標は達成されたようなものだ。地面から六、七十フィートの高さにいるとはいえ、もはや危険は過ぎ去ったといえた。

「ウィルだんな、ここから先は、どっちへ？」ジュピターがたずねる。

「木のこっち側にある、いちばん太い枝を選んで登りつづけてくれ」レグランドがいう。ジュピターはすぐさま、そのことばにしたがった。むずかしくはないようで、ぐんぐん登っていく。生い茂った木の葉にかくれて、ジュピターのずんぐりした姿はもう見えなくなった。声だけがきこえてくる。

「どこまで登りゃあ、いいんです？」

「どこまで登ったんだ？」とレグランド。

「ずいぶん高いですよ。木のてっぺんごしに空が見えてますな」

「空はどうでもいい。いいか、ぼくのいう通りにするんだ。そこから下を見て、こっち側の枝を数えてくれ。枝をいくつ登ってきた？」

「ひとつ、ふたつ、みっつ、よっつにいつつと。こっち側のでっかい枝をいつつですよ、だんなさま」

「それじゃあ、もうひとつ登ってくれ」

しばらくするとふたたび声がした。七番目の枝に登ったといっている。

「よし、いいかジュピター」レグランドが大声をあげた。あきらかに興奮している。「その枝をできるだけ先にむかって進んでほしいんだ。もし、なにか変わったものが見えたら教えてくれ」

ここにきて、あわれな友人の正気を疑う気持ちは、すっかり確信に変わっていた。もはや、レグランドの気がふれてしまったのはまちがいない。なんとしても家につれ帰らなければと、本気で心配になってきた。なにをどうしたらいいのかと、あれこれ考えているうちに、ふたたびジュピターの声がきこえてきた。

「あんまり先のほうへいくのはおっかないな。どこもかしこも、この木は腐ってるみたいだ」

「その枝は枯れてるっていうことなのか、ジュピター?」レグランドが震える声で叫んだ。

「ああ、まちがいない。もう死んじまってるな」

「ちくしょうめ、どうしたらいいんだ」レグランドは自問している。ずいぶん悩んでいるようだ。

「そんなことはわかりきってる！」待ってましたとばかりに、わたしはそういった。「さあ、家に帰ってベッドに入るんだ。いますぐに！　もう十分だ。ずいぶん遅い時間だぞ。とにかく、約束は守ってもらわないと」

「ジュピター」レグランドが叫ぶ。わたしのことばなどまったく無視するように。「きこえるか？」

「きこえるよ、ウィルだんな。はっきりきこえてますよ」

「木を十分に調べるんだ。ナイフを使って、腐ってるのかどうかをな」

「腐ってますよ。そいつはまちがいない」しばらくして声がした。「だが、それほどでもないな。もうすこし先までいけそうだ。ひとりでならね」

「ひとりでだと！　どういう意味なんだ？」

「この虫っこのことさね。このとんでもなく重い虫っこをここから落としちまえば、枝が折れることもないだろうさね。ひとりだけなら、きっとだいじょうぶだ」

「この底抜け(そこぬ)の阿呆(あほう)め！」レグランドが叫(さけ)んだ。あきらかにほっとしているようだ。「おまえはまた、なんでそんなバカげたことをいいだすんだ？　その虫を落とそうものなら、首をへし折ってやるぞ。いいか、ジュピター、きこえるか？」

「ああ、だんなさま、あわれなじじいに、そんな風に怒鳴(どな)るもんじゃないよ」

「よし！　いいかよくきくんだぞ。これ以上は無理だってところまで進んで、その虫を手放さないでいたら、おりてきたらすぐに一ドル銀貨をやろう」

「いま進んでるところだよ、ウィルだんな。よっこらしょ」ジュピターからすぐに返事が返ってきた。「もう、枝(えだ)の先っちょだよ」

「先っちょだって！」レグランドが大声をあげた。「おまえは枝(えだ)のいちばん先まで進んだというのか？」

「ああ、もうちょっとだ、だんなさま。ウワッー！　神さま、どうか御慈悲(ごじひ)を！　いったいこいつはなんなんだ？」

「よし、いいぞ！」レグランドは大よろこびだ。「なにがあるんだ？」

「こいつは、髑髏（どくろ）だよ。どこのどいつだか知らないが、なんだってこの人の頭を、こんなところまで持ってきたんだよ。カラスどもがすっかり肉をこそげ落としちまってる」

「髑髏（どくろ）だって！　いいぞ、よくやった！　その髑髏（どくろ）はどんな風に枝（えだ）についてるんだ？　なにかで結んであるのか？」

「ええ、ええ、そうだともだんなさま。こんなとんでもないところに、でっかい釘（くぎ）で木に打ちつけてある」

「よし、いいかジュピター。これから、ぼくのいう通りにするんだ。きこえてるな？」

「ええ、だんなさま」

「よく注意して、髑髏（どくろ）の左の目を探（さが）すんだ」

「ふん、そいつはいいや！　目なんかひとつも残っちゃいないって」

「この大バカ者め！　おまえは右と左の区別はつくんだろうな？」

「ああ、それなら知ってるよ。薪割りをするほうが左手だ」

「ああそうだよ！　おまえは左利きだもんな。それで、おまえの左目は左手とおなじほうについてるんだ。そこでだ、おまえはその髑髏の左目を探してくれ。というか、左目があったほうの穴だ。どうだ、見つかったか？」

長いあいだ沈黙がつづいたが、やがてジュピターがたずねてきた。

「この髑髏の左目は、左手があったほうについてるっていわれても、この髑髏には手なんかついてないんだよ。でも、だいじょうぶだ！　こっちが左目だ。そう、こっちでまちがいない。それで、次はどうするんで？」

「その虫を、その穴を通して落とすんだ。糸は放さないように気をつけて、くりだせるだけくりだすんだぞ」

「わかりましたよ、ウィルだんな。穴に虫を通すなんざ、かんたんなことだよ。さあ、下にいるおふたり、気をつけて！」

こうした会話を交わしているあいだ、ジュピターの姿は見えていなかった。しかし、あのコガネムシはゆっくりゆっくりおりてきて、糸の先で光っているのが見えてきた。沈む太陽の最後の光を受けて、金の玉のように輝いている。わたしたちが立っている高台もその太陽の残光で、ぼんやりと明るくなっている。金の虫は、どの枝にもあたらずにまっすぐおりてくる。そのまま落とせば、わたしたちの足元に落ちてくるだろう。レグランドはすぐさま大鎌を手に取り、虫の真下に、直径三、四ヤードほどの大きさで、丸く円を描いて草を刈った。それが終わると、ジュピターに糸を放すように命じた。

虫が落ちた場所に慎重に杭を打ちこむと、レグランドはポケットから巻き尺を取り出した。巻き尺の片端を木の幹の杭にいちばん近い場所に固定すると、杭にむかってくりだしていく。そして、杭を通り越してそのまま五十フィートのところまでのばしていった。ジュピターは先まわりして、大鎌でイバラの藪を刈り取っていった。その五十フィート地点にふたたび杭を打ち、そこを起点に直径四フィートほどの円を大ざっぱに描く。すると、レグランドは自ら鋤を手に取り、ジュピターとわたしにも一挺ずつ持たせ、できるだけいそいで掘ってくれとたのんだ。

正直なところ、わたしはこんなことにはなにひとつ特別な興味を持っていなかったので、できることならその申し出はことわりたかった。夜は迫っているし、そこまでの探検ですっかり疲れてもいたからだ。しかし、とてもじゃないが、ことわれる雰囲気ではなかった。それに、そうすることであわれな友人の心の平穏をかき乱したくもない。

もしジュピターの助けを借りられるなら、この狂人を力ずくで家につれて帰ることにはなんのためらいもなかった。だが、この年老いた使用人の性格なら知りつくしている。どのような状況にあっても、主人であるレグランドの命にそむいて、わたしの手助けを期待することなどまったくできない。

レグランドは、あまたある南部の埋蔵金伝説のひとつに夢中になっているのはまちがいないだろう。この幻想は、あの「黄金虫」を発見したことで強化されたのか、さもなければ、あの虫のことを「本物の金の虫」だと頑迷にいいつづけるジュピターに感化されたかして、芽生えたにちがいない。狂気におかされた心というものは、そうした示唆をかんたんに受け入れてしまいがちなものだ。特にお気に入りの予言に訴えかけるようなものならなおさらだ。

そこでわたしは、あわれな友人が「あの虫が指し示す黄金」と語っていたのを思い出した。それらのことを考えあわせると、悲しく悩みとまどいながらも、必要とされていることにしたがうしかないと結論づけた。話をあわせていっしょに掘り、レグランドの夢想があやまちであることを目にものいわせれば、おそかれはやかれ、あきらめがつくだろう。

手提げランプに火をともすと、わたしたちはむだに一生懸命掘りはじめた。あかりがわたしたちや道具を照らし出しているのを見ながら、いまのわたしたちの姿はなんと奇妙なことだろうと考えずにいられなかった。万が一、近くに迷いこんだ人があるとしたら、わたしたちの作業をどれほどおかしくて、怪しいと考えるだろう。

わたしたちは二時間ほど一心不乱に掘りつづけた。ほとんどことばも交わさない。作業に異常なほど関心を示す犬が、うるさく吠えたてるのには参った。近辺にいあわせたものがあれば、不審に思われないかと不安になってくる。すくなくとも、レグランドはそう思っていたようだ。わたしはといえば、レグランドを家につれ帰る理由になるじゃまが入れば大歓迎なのだがと思っていた。結局、業を煮やしたジュピターが穴からはい出て、犬の口を自分のサスペンダーでしばり上げてだまらせた。それを終えると、ジュピターはまじめな顔でクスクス笑いながら作業にもどった。

予定の時間がすぎ、穴が五フィートほどの深さに達しても、宝物の気配はこれっぽちもなかった。全員の手が止まり、わたしはこの茶番もついに終わるかと期待しはじめた。ところがレグランドは、あきらかにとまどっているようなのに、額の汗を手でぬぐうと、ふたたび掘りはじめた。わたしたちは直径四フィートの円をすっかり掘りあげた。さらにその円をすこし広げ、深さも二フィートばかり掘り下げる。それでも、なにもあらわれない。

金を求めるあわれな山師はとうとう穴からはい出した。体じゅうに残念無念という気配をまとってゆっくりと、いかにもいやいやながらにコートを拾い上げて着た。作業をはじめる際に脱ぎ捨てたコートだ。

しばらくは、わたしもなにもいわなかった。ジュピターは主人の暗黙のサインを見て取って、道具を集めはじめる。それが終わり、犬の口からサスペンダーをはずすと、わたしたちはだまりこくって家路についた。

おそらくほんの十歩ほどしか進まないところで、レグランドが大きなののしり声をあげてジュピターに歩み寄り、シャツの胸ぐらをつかんだ。おどろいたジュピターは目を見開き、口をぽかんと開けて鋤を取り落とし、くずれるようにひざまずいた。

「このど阿呆め！」レグランドがいう。食いしばった歯のすきまからしぼり出すようなことばだ。「救いようのない、悪党めが！　ぼくの質問にいますぐ答えろ。嘘をついたら承知しないぞ。おまえの左目はいったいどっちだ？」

「なんだってんだよ、ウィルだんな。左目はこっちに決まってるじゃないか」おそれをなしたジュピターが、右目をおさえながら大声で答えた。まるで主人にその目をくりぬかれるとでもいわんばかりに、そのままずっとおさえている。

「やっぱりだ！　そうだと思ってたんだ！　やったぞ！」レグランドは大声で

叫んでジュピターから手をはなしたかと思うと、しばらくとびはねたり、くるくるまわったりしていた。立ち上がったジュピターは、すっかりおどろいてなにもいわずに主人からわたし、わたしから主人へと視線を移した。

「さあいくぞ！　もどるんだ。ゲームはまだ終わっちゃいない」レグランドはそういって、またあのユリノキにむかって歩きはじめた。

「さあジュピター」ユリノキの下までもどるとレグランドがいった。「こっちにくるんだ。おまえが見た髑髏の顔はどっちをむいて釘で打ちつけられていたんだ？　外側か？　それとも、木のほうか？」

「顔は外をむいてたよ。それだもんで、カラスどもも、うまいぐあいに苦労しないで目玉をくりぬいたってわけだ」

「よし、それじゃあ、おまえが虫を通したのはどっちの目だ？」レグランドはジュピターの目を交互にさわりながらいった。

「それはこっちだよ、だんなさまがいう通り、左の目だ」そういってジュピターが指さしたのは右の目だった。

「となれば、もう一度やり直しだ」

こうして、わが友は狂気によってなのか、幻想によってなのかはわからないが、ある確固とした方法によってコガネムシが落ちた場所に打ちこんであった杭を三インチほど西へ移した。ふたたび巻き尺を取り出し、前回同様、幹のいちばん近い位置から杭を通って五十フィートまっすぐにのばした位置に二本目の杭を動かした。それはさっきまでわたしたちが掘っていた場所から数ヤード離れていた。

新たな場所に先ほどよりすこしばかり大きめの円が描かれ、わたしたちはふたたび鋤を手に取って作業にかかった。わたしはへとへとに疲れていたのだが、このおしつけられた仕事をやめてしまいたいとは思わなくなっていた。それがなぜなのかは、さっぱりわからなかった。わたしは自分でも説明できないぐらい興味をひかれていた。いや、すっかり夢中だったといってもいいぐらいだ。レグランドの常軌を逸した態度のなかに、なにか予言めいたもの、あるいは熟慮の末に得たものといった空気を感じ取って、感銘を受けたのかもしれない。

わたしは一生懸命に掘った。そして、幻の宝物、あるいは気のふれた不運な友が見た幻想への期待にすごく似た感情にときどきとらわれるようになった。そんな突飛な思いが最も高じたころ、それは作業を再開して一時間半ほどが経過したころなのだが、またしても、はげしい犬の吠え声にじゃまされた。最初のころの落ち着きのなさは、遊び心や気まぐれによるものだったのだが、いまは怒りを含んだ真剣な調子の声だ。ジュピターがふたたび口をしばろうとしたのだが、犬は猛烈に怒って抵抗し、穴にとびこむと、前足で狂ったように土をほじりはじめた。数秒もたたないうちに、犬は人間の骨を一山掘り出していた。完全な二体分の骨で、金属製のボタンや風化した毛織物らしきものとごちゃまぜになっていた。鋤を一、二度打ちこむと、大きなスペイン製ナイフの刃が出てきた。さらに掘りつづけると、金貨や銀貨が三、四枚出てきて、光を放った。

それを見たジュピターは、おさえようがないほどはしゃいだ。ところが、その主人はといえば、心底がっかりしたという表情だ。それでも、わたしたちに掘りつづけるよう要求した。だが、そのことばが終わるか終らぬかのうちに、わたしの足先は、土に半分ほど埋まった鉄製の大きな輪にひっかかって、前のめりにころんでしまった。

わたしたちは、ますます懸命に掘った。あれほどなにかに夢中になった十分間は、かつて一度も経験したことがなかったほどだ。そのあいだに、細長い木箱をほぼ掘り出していた。その完璧な保存状態と木の硬さを見れば、なにかの鉱物で強化されているのはまちがいないようだ。おそらくは塩化水銀によるものだろう。

その箱は縦三フィート半、横三フィート、高さは二フィート半だった。錬鉄製のバンドとリベットで、全体が格子状におおわれている。箱の両脇の上端には鉄の輪が三つずつ、つまり全部で六つついている。六人がかりで運べるようになっているというわけだ。わたしたちが三人で力を合わせても、箱はわずかしか動かなかった。これほど重たいものを動かすのがむずかしいことはひとめでわかった。

幸い、ふたの留め具は二個のかんぬき錠だけだ。わたしたちは、不安で震え、息をはずませながら、ふたを開けた。その瞬間、いったいどれくらいの価値があるのか見当もつかないほどの宝が、わたしたちの前で光を放った。ランプの光が箱のなかに差しこむと、うずたかく積まれた黄金や宝石などがまばゆい光を反射して、文字通りめまいを起こしそうなほどだった。

そのときの気持ちは、とてもことばではいいあらわせない。もちろん、いちばんの気持ちはおどろきだった。レグランドは興奮のあまり疲れ切ったように見えるし、ジュピターの顔はしばらくのあいだ真っ青だった。ジュピターは雷に打たれたようにぽかんとしている。やがて、穴のなかでひざまずき、黄金のなかに肘まで手をつっこんで、そのままじっとしている。まるで、ぜいたくきわまりない風呂の感触を楽しむように。ついには深いため息をつくと、ひとりごとのようにしゃべりはじめた。

「これは全部、あの金の虫のおかげじゃないか。あのかわいい金の虫っこ！かわいそうなちっぽけな虫っこ！　なんでまた、あんなにつらくあたっちまったんだ！　恥を知れっていうもんだ。そうだろ？」

しまいには、この主人と使用人の両方に、いそいで宝物を回収するようせきたてたのはわたしだった。ずいぶん遅い時間になっていたし、そうとうがんばらないと、日の出までにすべてを家に持ち帰るのはたいへんだろう。なにから手をつけたらいいのかもよくわからない。しかも、考えこむばかりで時間はどんどん過ぎていく。わたしたちはそれほど混乱していた。

結局、箱の中身の三分の二ほどを外に出したところで、たいへんではあったが、なんとかようやく箱を穴から引っ張り上げることができた。取り出した宝はイバラのやぶにかくし、番をさせるために犬を残した。犬にはジュピターが、なにがあってもその場を動かないことと、わたしたちがもどるまでぜったいに吠えないようきびしく命令した。

それから、わたしたちは箱を持って大急ぎで小屋にもどった。へとへとになりながらもぶじに小屋にもどったのは、午前一時のことだった。疲れ果てていたので、すぐさま取って返すのは無理だった。わたしたちは二時まで休み、食事をとり、その後、すぐに山にむかって出発した。ありがたいことに、頑丈な布袋がちょうど三枚あったので、それを持っていった。

穴に着いたのは四時ちょっと前だった。戦利品をなるべく均等に三つに分け、穴は埋め直さず、そのままにしてふたたび小屋にむかった。わたしたちが黄金の荷物を小屋に運び入れたのは、朝日の最初のあわい光の筋が東の木々のてっぺんを照らしたころだった。

わたしたちは疲労困憊だった。それでも、興奮のあまりなかなか寝つけなかった。寝苦しい眠りを三、四時間すませたところで、わたしたちは目を覚まし、前もって打ち合わせてでもいたかのように宝物をくわしく調べはじめた。

木箱には縁までぎっしり宝物がつまっていた。わたしたちは、その日一日、夜遅くまでかかって、ようやくその内容をじっくり調べ終えた。箱に収める際にはなんの法則もなかったようで、どれもこれもがごちゃまぜにつめこまれていた。

注意深く分類していくと、最初に考えた以上の莫大な価値があることがわかった。可能な限り、発見当時の価値に置き換えて計算してみると、コインだけで四十五万ドルになった。銀貨は一枚もなく、すべて金貨で、古い時代の様々な国の金貨だ。フランス、スペイン、ドイツのもの、イギリスのギニー硬貨もあった。なかにはこれまで一度も見たことのない、どこの国のものかわからないものもあった。とても大きく重い、すっかりすり減って、刻印が読み取れないものもある。アメリカの硬貨はひとつもなかった。

宝石の価値については、判断がよりむずかしかった。まずはダイヤモンド。おどろくほど大きくて上等のものも含まれている。全部で百十個あって、小さいものはひとつもない。素晴らしい輝きのルビーが十八個、どれもが美しい三百十個のエメラルド、二十一個のサファイアとオパールがひとつあった。どの宝石も元の指輪やネックレスなどの台座からはずされて、木箱にばらばらに放りこまれてあった。その台座のほうはほかの金の装飾品といっしょにされていたが、出どころをわからなくするためか、ハンマーでたたきつぶされていた。

これらとは別に、膨大な量の金の装飾品があった。二百個近い立派な指輪やイヤリング、記憶が正しければ三十本の豪華な鎖、八十三個の大きくて重い十字架、たいへん価値の高い金の香炉が五個、ブドウの葉と飲み騒ぐ人たちを描いたみごとな浮き彫りに飾られた巨大なパンチボウル、立派な浮き彫りが施された刀剣の柄が二本、それにいちいち覚えていられないほどの小さなものがたくさんあった。これらの装飾品の総重量は三百五十ポンドを超えていた。しかもそのなかには百九十七個のすばらしい金時計はふくまれていないのだ。そのうちの三つは、それぞれ、すくなくとも五百ドルの価値はあるだろう。それらの多くはとても古く、さびついて時間をはかる役には立たないのだが、どれもたっぷりの宝石で飾られ、胴体自体はとても価値が高い。

その夜、わたしたちは木箱のなかのすべての価値は百五十万ドルになるだろうと見積もった。いくつかは自分たち用に取っておいたが、その後にがらくただと思って売った装身具や宝石が思いのほか高くなった。

やがて宝物の精査が終わり、はげしい興奮もようやくいくらか冷めると、このとびきり変わった謎の種明かしをしてほしくて死にそうにじれているわたしを見て、レグランドがすべてを事細かに語ってくれた。

「あの虫のなぐり描きの絵をきみに手わたした夜のことは覚えているだろう。あのとき、きみがあんまりしつこくぼくの絵のことを髑髏そっくりだというものだから、ぼくがむかっ腹を立てたのも覚えてるはずだ。最初にいわれたとき、ぼくはてっきり冗談をいってるんだと思ったんだ。すぐに、いわれてみれば確かに、あの虫の背中の模様は髑髏に似てなくはないなと考え直したんだけどね。それでも、ぼくの絵心のなさをあざ笑われて、いらいらしたのは確かさ。自分ではうまいつもりでいたからね。そんなこんなで、きみから返されたとき、ぼくは怒りにまかせて、あの羊皮紙をくしゃくしゃに丸めて火にほうりこんでしまうところだったんだ」

「つまり、あの紙のことだね」わたしはいった。

「いや、ぼくもはじめは紙だと思ってたんだが、絵を描きはじめたらすぐにあれが、ごく薄い羊皮紙だってことに気づいたよ。きみも覚えてるだろうけど、すごく汚れていた。まあとにかく、まさに丸めようとした瞬間、きみが見ていた絵に目がとまったのさ。想像してほしいんだが、虫の絵を描いたはずのところに、ほんとうに髑髏を見たときのおどろきは、たいへんなものだったよ。しばらくは、あんまりのおどろきで、まともに頭が働かなかったぐらいさ。それはぼくが描いた絵と、輪郭は似ているんだが、細かい部分は全然ちがってたんだ。

あのときぼくはロウソクを取ってきて、部屋のはしに腰かけ、あの羊皮紙をもっとくわしく調べただろ。引っくり返すと、裏にはぼくの描いたばかりの絵があった。最初に思ったのは、輪郭がそっくりだということへのおどろきだった。ぼくには知る由もなかったんだが、ある偶然が起こって、羊皮紙の髑髏の絵の真裏に黄金虫の絵を描いたってわけだ。このふたつの絵は輪郭の形だけじゃなく、大きさもほぼおなじだったんだな。この偶然の不思議さに、ぼくはしばらくあっけにとられてた。偶然が起こるとあんな風になるもんなんだな。頭のなかでは必死に因果関係を導き出そうとしてる。なにか筋の通った原因と結果があるはずだってね。それが無理だとわかると、一時的に思考が麻痺してしまうんだ。

けれども、その麻痺状態から覚めてくると、その偶然よりも、もっとはるかにおどろくような確信がじわじわわき起こってきたんだ。ぼくがあの羊皮紙に虫の絵を描いたときには、ほかに絵なんかなかったことをはっきりと思い出した。その点には完璧な自信がある。というのも、描きはじめる前に、すこしでも汚れていない場所を探して、何度も引っくり返したんだから。もし、髑髏なんかが描いてあれば、それに気づかないはずがないんだ。これは、まったく説明のつかない謎だった。

　しかしだね、ぼくの知性の遠い秘密の部屋に、かすかにだけどぼんやりと光を感じたんだ。ぼくたちの昨晩の冒険を、とてつもない成果へと導くホタルの光みたいなあるアイディアさ。ぼくはすぐに立ち上がり、羊皮紙を安全な場所へ遠ざけ、ひとりになってじっくり考えられるようになるまで、しばし忘れることにした。

　きみが立ち去り、ジュピターがぐっすり眠っているあいだに、ぼくは筋道を立てて、じっくりこの件を考え直してみた。まず最初に、あの羊皮紙がどのように手元にやってきたのかを考えた。あの黄金虫を見つけたのは本土の浜辺だ。

島からは一マイルほど東へいった場所で、満潮のときの水際からわずかに上のところだ。

ぼくがあの虫を手づかみすると鋭くかみつかれてしまったものだから、思わず取り落としてしまったんだ。日ごろから注意深いジュピターは、自分のほうへ飛んできた虫をつかまえる前に、葉っぱかなにか、素手でつかまずにすむようなものはないかとまわりを探した。そこでジュピターの目に、あの羊皮紙の切れ端がとまったんだ。実は同時にぼくも見つけたんだが、そのときは羊皮紙ではなく、ただの紙だと思っていた。半分ほど砂に埋もれ、角がつきだしていた。そのすぐ近くには、救難ボートの破片だと思われるものがあったよ。ずいぶん長い時間、そこにあったものらしく、ボートの面影はほとんどなかったんだけどね。

そして、ジュピターはその羊皮紙を拾い上げて、それで黄金虫を包んでぼくに手わたした。ぼくたちはすぐに家にむかって歩きだし、そのとちゅうでG中尉に会ったんだ。虫を見せたところ、要塞に持ち帰りたいとたのまれたってわけさ。しぶしぶ了解すると、中尉はすぐさまベストのポケットにつっこんだ。ぼくが手に持っていた羊皮紙を使わずに裸のままでね。きっと、ぼくが心変わりするのをおそれて、もたもたしないほうがいいと思ったんだろう。中尉の博物学へののめりこみようは大変なものだから。そしてぼくは、無意識に羊皮紙をポケットにつっこんだってわけだ。

虫のスケッチを描こうと、ぼくがテーブルのところにいったときのことは、きみも覚えてるだろう。いつも置いてある場所に紙はなかったんだ。引き出しを探したけれど、やはりない。それで、古い手紙でもありはしないかとポケットをまさぐっていたら、あの羊皮紙に手が触れたんだ。とても興味をひかれることだったから、あの羊皮紙がぼくのものになったいきさつをこうやってくわしく思い出せるのさ。

空想癖にもほどがあると思われるかもしれないが、ぼくには確信があった。大きな鎖のふたつの輪が、ぼくのなかでつながったんだ。浜辺に横たわるボートとそこからさほど遠くない場所に落ちていた羊皮紙。ただの紙ではなく、髑髏が描かれた羊皮紙だ。きみは、それがどうしてつながるんだと思うだろうね。ぼくの答えはこうさ。髑髏は海賊の紋章としてよく知られている。どの海賊船にも髑髏の旗が掲げられていたとね。

　ぼくが見つけたのは、紙じゃなくて羊皮紙だといったね。羊皮紙というのはとても耐久性があって、ほとんど不滅だといってもいいほどなんだ。すこしぐらいの時間の経過は羊皮紙にとってはなんでもないことだ。そのため、紙のように気安く絵を描いたり文字を書いたりするために使われることはほとんどないといってもいい。それを考えると、あの髑髏の絵にもなんらかの意味があるにちがいない。それに、あの羊皮紙の形についても見落としたりはしなかった。角のひとつはなんらかの事故で欠けていたけれど、元々長方形だったのはわかった。そして、まさにこんな長方形の紙に、いつまでも忘れずに、注意深く保存したい記録が書き留められてきたんだよ」

「だけどだね」わたしはそこで口をはさんだ。「きみが虫の絵を描いたときには、あの羊皮紙に髑髏の絵はなかったといってたじゃないか。それならどうやって、そのボートと髑髏を結びつけて考えたんだい？　きみ自身のことばによれば、その髑髏はだれがどうやって描いたのかはわからないけど、きみが虫の絵を描いたあとに描かれたってことになるじゃないか」

「ああ、そうなんだ、それこそが最大の謎だね。でも、その秘密を解くのはそんなにむずかしいことじゃなかったよ。ぼくの思考の歩みは確実で、導きだせる答えはひとつだけだった。たとえば、ぼくはこんな風に考えた。ぼくが黄金虫の絵を描いたとき、あの羊皮紙に髑髏の絵がなかったのはまちがいない。ぼくは絵を描き終えるときみにわたしたね。そして、きみはぼくに返すまでくわしく観察していた。髑髏を描いたのはきみじゃない。そして、ほかのだれにも描けやしない。だとしたら、それは人の手によるものじゃないんだ。それにもかかわらず、絵は描かれた。

　そこまできて、ぼくはなんとか思い出そうとした。そして、思い出したよ。はっきりとね。あれが起きたときのことをひとつのがさずにだ。あの日は、ずいぶん寒かっただろ。それはとても珍しくもありがたい偶然だったんだ。それで、暖炉では火が燃え盛っていた。ぼくは歩きまわってきたせいで体が温まっていたから、テーブルのそばにすわっていた。一方きみは、椅子を暖炉に寄せてすわってただろ。ちょうどぼくがきみの手にあの羊皮紙をわたして、きみが見ようとしたとき、ウルフが、あのニューファウンドランド犬がきみの肩に飛びついた。きみは左手でウルフを遠ざけながらなでていた。そして羊皮紙を持った右手は、無意識にきみの両膝のあいだ、つまり火のすぐそばでさまよっていた。羊皮紙に火が燃え移るんじゃないかと思って、ぼくが注意しようとした瞬間、きみは手を引いてじっくりながめはじめたんだ。

　これらを全部考えあわせると、火があの羊皮紙の上に髑髏の絵を浮かび上がらせたんだという結論にいたるのに時間はかからなかったよ。きみはあぶりだしという化学反応についてはよく知ってるだろ。大昔からある化学反応で、紙でも羊皮紙でも、そこに描いたものを、火にさらしたときにだけ浮かび上がらせるものだよ。王水に溶かした呉須という顔料を四倍の水で薄めると緑色の液体ができあがる。コバルトの錆を硝酸で溶かせば赤色になる。これらの色で描かれたものは、ある一定の期間冷めると消えてしまうんだが、熱を加えるとまた浮かび上がってくるんだよ。

ぼくは髑髏の絵を徹底的に観察した。その輪郭は羊皮紙のはしにいくほどより鮮明になっていた。あぶりだしの効果が完璧じゃなかったか、不均等だったんだろうね。ぼくはすぐに火をかきたてて、羊皮紙のすみずみにまで熱をいきわたらせた。はじめのうちは、かすかだった髑髏の線がはっきりしてきただけだったのだが、粘り強くつづけているうちに羊皮紙の角、髑髏が描かれているちょうど対角線上の反対側に、ヤギらしき模様が見えてきた。しかし、より綿密に見ているとそれが子ヤギの絵なのがわかったんだ」

「ハハ！」わたしは笑い声をあげた。「きみのことを笑う権利なんかないのはわかってるさ。百五十万ドルものお宝は、笑いごとですむようなことじゃないからね。だが、きみの鎖の三番目の輪なんかちっとも築かれてないじゃないか。海賊とヤギのあいだに、いったいどんなつながりがあるっていうんだ。農場の話をしてるわけじゃないんだから」

「けど、いっただろ。浮かんできた絵はヤギではなく子ヤギだったって」

「なるほど、子ヤギときたか。おなじようなものじゃないか」

「まあ、おなじようなものかもしれないな。でも、別物だ」レグランドがいう。

「きみはキッド船長という名前に心あたりはないかい？　ぼくは子ヤギの絵を見て、それがある種のもじり、というか象形文字のサインだとすぐにわかったね。キッド、つまり子ヤギの絵がサイン替わりなんだ。角の対角線上の反対側にある髑髏も、おなじように印章のように見えた。しかし、ほかになにも見つからないことに少々いらついたよ。あってしかるべきもの、つまり文章があるはずだと思っていたんだ」

「きみは印章とサインのあいだになにかしらの文字があるはずだと思ってたんだな」

「まあ、そんなところさ。実のところ、ぼくはなにかとんでもない幸運がやってくる予感をおさえることができなかった。なぜそんなことを感じたのかは自分でもよくわからない。たぶん、現実的な信念というよりは願望だったんだろうな。だけど、あの虫が金でできてるっていうジュピターのたわいもないことばが、ぼくの空想におどろくべき影響を与えたのは確かなんだ。あのあとにつづいたいくつかの事件と偶然には、ものすごく特別なものがあった。

考えてもごらんよ。あれらのできごとが、一年のうちのどこで起こってもおかしくなかったのに、たまたまあの日一日のうちに起こったんだからね。まずは火が欲しくなるぐらい寒い日だった。火がなければ、ちょうどいいタイミングで犬のじゃまが入らなければ、ぼくがあの髑髏の絵に気づくことはなかっただろう。そうなれば、このお宝が手に入ったと思うかい？」

「いいからつづけてくれ。早くつづきが知りたくてたまらないよ」

「いいだろう。もちろんきみも、数えきれないほど噂話を耳にしてるだろう。キッド船長とその仲間たちが、大西洋岸のどこかに宝物を埋めたっていう話さ。それらの噂話の背景には、きっとなんらかの事実がかくされているはずなんだ。そして、そんな噂話がこれほど長くにわたってとぎれることなくつづいてるってことは、埋められた宝物がいまだにだれにも掘り返されていないってことだと思ったわけだ。

あるとき、キッド船長が略奪品をかくして、その後、取り返したんだとしたら、いまだに変わらずにそんな噂が語りつづけられることはなかったと思う。語られているのは、いずれも宝を探していた人間の側からのもので、宝を見つけたものの側じゃないってことにはきみだって気づくだろう。海賊たちが宝物を取り返したなら、人々の関心も薄れてしまっただろう。

きっとなにかの事故が起こったんだろうとぼくは思う。場所を記録したものを失くしてしまったせいで取り返すことができなくなったとかね。そして、その事故が仲間たちや、宝物が埋められたことさえ知らなかった連中にまで伝わって、みんな必死で探したけれどむだに終わったんだろうな。なにせ闇雲な探索なんだから見つかるはずはないよ。そしてやがて、世界中に広く知れわたるようになったってわけさ。きみはこれまで、このあたりの浜辺で宝物が掘りだされたって話をきいたことがあるかい？」

「いいや、一度もないよ」

「だが、キッド船長の宝物が莫大だったってことはだれもが知ってる。そこでぼくは考えた。きっとまだ地中に眠ったままなんだってね。だから、不思議な偶然で見つかったあの羊皮紙が、宝物が埋められた場所を示すものだと強く感じたんだといったところで、きみもおどろきはしないだろう」

「けど、その先はどうやったんだ？」

「ぼくは羊皮紙をいま一度火にかざした。さんざん薪をくべたあとでね。でも、なにもあらわれなかった。そこでぼくは、羊皮紙をおおった汚れのせいじゃないかと考えた。ぼくはあたたかいお湯をかけて注意深く羊皮紙を洗ったよ。それがすむと、今度は髑髏の絵の側を下にむけて、ブリキのなべにおいた。そしてそのなべを炭が赤々と燃えるかまどの上に置いてみた。しばらくすると、なべはすっかり熱くなった。羊皮紙を引っ張り出してみると、あちこちに線で描かれた模様のようなものがあらわれていたんだ。それを見たときは大よろこびしたよ。ぼくは羊皮紙をもう一度なべにもどし、じりじりしながらさらに一分ほど待った。取り出してみると、ほら、この通り」

羊皮紙をあたため直していたレグランドが、ぼくによく見るようにと差し出した。以下の記号は、髑髏とヤギの絵のあいだに、赤いインクで雑に描かれていた。

53‡‡†305))6*;4826)4‡.)4‡);806*;48†8¶60))85;1‡(;:‡
8†83(88)5†;46(;88*96*?;8)*‡(;485);5*†2:*‡(;4956*
2(5*—4)8¶8*;4069285);)6†8)4‡‡;1(‡9;48081;8:8‡1;4
8†85;4)485†528806*81(‡9;48;(88;4(‡?34;48)4‡;161;:
188;‡?;

「だけど」わたしは羊皮紙を返しながらいった。「これじゃあ、ますますわからないよ。この暗号を解かないと宝の山が手に入らないのなら、わたしにはまったく無理だろうな」

「でもね、きみがざっと見て想像するほど、この暗号を解くのはむずかしくないんだ。これらの記号は見た通り暗号になっていて、意味がかくされている。だがね、世に知られるキッド船長のイメージから、そんなにむずかしい暗号を作り上げることは無理だったろうと考えたんだ。ぼくはただちに、こいつは単純な暗号にちがいないと思ったよ。とはいっても、知恵の浅い船乗りが、ヒントとなるカギなしに解くことはできっこない」

「それで、きみは本当にこの暗号を解いたのかい？」

「ああ、あっさりとね。ぼくはこれまでもこの何万倍も難解な暗号を解いてきたんだ。環境とぼくの個人的な性向とで、以前からこうした謎ときには興味を持っていたし、いくら才能のある人間にも、べつの才能のある人間に解けないような暗号を創るのはむずかしいだろうと思っている。実際、一度暗号を解くカギを手にしたら、この暗号だってちっともむずかしいとは思わなかったよ。

今回のこの暗号にしても、そのほかのあらゆる暗号にしても、まずはどの言語が元になっているかを知らなくちゃならない。特に単純な暗号ほど法則性の解明には、言語の特定が欠かせないんだ。一般的に、いろいろな可能性を考えながら、これだというものにあたるまで、あらゆる言語を試していくしかない。だが、今回、目の前にあるこの暗号にはサインがあった。そのおかげで手間ははぶけたよ。子ヤギの絵を描いてキッドと読ませるダジャレが成り立つのは英語だけだ。そう思いあたらなければ、まずは、スペイン語とフランス語で試してみただろうな。海賊といえばスペイン本土が中心だから、これは自然なことだ。でもぼくはこの暗号は英語が元だろうと推測した。

見てわかる通り、この暗号には切れ目がない。記号がブロックに分かれていれば、仕事はずっとかんたんになるんだがね。もし、分かれていれば、短い単語の分析、突きあわせからはじめるところだ。いちばんいいのは、『わたし』をあらわすＩのように、一文字で意味をあらわすものなんだ。分かれてさえいれば、解読はまずまちがいない。だが、これには切れ目がない。そこでぼくは、出てくる頻度で記号をならべてみた。すべてを数えていくと結果はこんな風さ。

まず、8が33回登場している。つづいて以下の通りだ。

;は26回
4は19回
‡)は16回
*は13回
5は12回
6は11回
†1は8回
0は6回
92は5回
:3は4回
?は3回
¶は2回
—・は1回

英語では、いちばん使用頻度の高い文字はeなんだ。それにつづくのは a o i d h n r s t u y c f g l m w b k p q x z となる。eの頻度はずば抜けていて、ある程度の長さの文章なら、ほぼ確実に出てくる。

さあ、これで、ただの推測ではない基礎が手に入ったってことだ。ふつう、暗号を解くにはこの一覧表が役に立つのはあきらかだけれど、この暗号の場合はそんなに必要ないだろう。いちばん頻度が高い文字は8で、これは通常のアルファベットのeだと仮定できる。この仮定を立証するためには、8がふたつつづけている個所がたくさんあるかどうかを調べればいい。英語ではeがふたつつづくつづりの単語はたくさんあるからね。たとえば、meet, fleet, speed, seen, been, agree といったぐあいだ。そして、この暗号のなかにも8がつづくところがすくなくとも五か所ある。こんなに短い暗号だというのにね。

これで8はeだと仮定していいだろう。英語のなかでもっとも使用頻度の高い単語は the なんだが、eが終わりにくるおなじならびの三つの記号はないかな？　もし、そんな個所がいくつもあるとしたら、それはおそらくtheなんだよ。よく見てみると、ここにはそんなならびの個所が七つもあるだろ。そう、;48というのがね。これで、；はt、4はh、そして8はeだということが確認できたことになる。これは大きな一歩だよ。

たったひとつの単語だなんていわないでくれ。これひとつで、ものすごく重要な足場を確立できるんだから。ほかの単語を解読するとっかかりになるからね。わかっている単語がtheただひとつだけでも、暗号全体の解読にはずいぶん役に立つ。一か所theのあとに；がくる場所があるだろ。；をふくめて六種類の記号があらわれる部分で、すでにそのうちの五つがわかっている。まだわかっていない記号の部分は空欄にして、わかっている文字を書きだしてみよう。

t eeth　だ。

ここで、うしろのふたつの文字は切り離してもいいことがわかる。というのも、空欄の部分にどんな文字が入ったとしても、成り立つような単語はひとつもないからなんだ。つまり、このthは次の単語のはじめの部分だと考えていいんだよ。これでもうすこししぼりこめるだろ。

t ee だ。

そして、空欄にアルファベットを埋めていくと、tree という単語にいきあたる。それ以外では意味のある単語にならないからだ。となると、（ は r ということになるね。それに the tree とふたつの単語がならんでることもね。

この単語のすこしうしろにもふたたび ;48 の組み合わせが見つかるから、その前にひとつの単語がかくれていると推測できる。わかっている記号をおきかえて書いてみよう。

the tree;4(‡?34 the

これだとわかりにくいので、わからない記号の部分を・にしてみるとこうなる。

the tree thr・・・h the

こうして見ると、不明な単語は through だとすぐにわかるだろ。これで、さらに三つの記号が判明したことになる。つまり、‡、?、3はo、u、gだってことになるだろ。

こうやってわかった記号を探していくと、二段目に83(88というところが見つかる。解読するとegree だ。これはまちがいなく degree の一部だと考えていい。こうして、†はdに決まりだ。この degree の四文字先には、;46(;88*がある。これまで同様、わからない記号を空欄にすると th rtee だね。これはひとめで thirteen の一部だってわかるだろ。こうしてまたしても新しい文字を獲得だ。6はi、*はnってことさ。

さあ、ここで暗号のいちばん最初の部分を見てみよう。

53‡‡†　だね。5はまだわかっていないが、そのほかを訳すと

good だ。

これから考えると最初の5はAだと仮定できる。つまり　A good　さ。

ここで、これまでわかった記号を表にしておこう。混乱しないですむからね。

5　は　a

†　は　d

8　は　e

3　は　g

4　は　h
6　は　i
*　は　n
‡　は　o
(　は　r
;　は　t

　これで、いちばん重要な記号が十個も解明できたことになる。もうこれ以上は、くわしく述べなくてもだいじょうぶだろう。きみにも、この暗号を解読するのはそんなにむずかしくないってことを、わかってもらえたんじゃないかな。暗号解読の理屈もわかっただろうしね。まあ、この暗号は、もっとも単純なたぐいのものなんだがね。さあ、そろそろ、この羊皮紙に書かれた暗号を、すべて解読したものを、きみに読んできかせよう。

よき眼鏡僧正の旅籠悪魔の椅子四十一度十三分北東微北大枝七番目東側髑髏の左目から撃つ木からまっすぐ弾痕を通って五十フィート」

「だけど」わたしはいった。「これじゃあ、やっぱりぜんぜんわからないじゃないか。いったいどうやって、悪魔の椅子だの、髑髏だの、僧正の旅籠だのなんていうわけのわからないことばから意味を引き出したっていうんだい？」

「正直にいうとね」レグランドが答えた。「確かに、ちょっと見には、なにがなんだかさっぱりわからなかったよ。そこでまず、この暗号を作った人間が意図したように、文章を自然な位置で切ることからはじめたんだ」

「つまり、句読点をつけたってことなのかい？」

「まあ、そんなところだ」

「それで、効果はあったのかい？」

「この文章を書いた人間は、解読をむずかしくするために、あえて文章を区切らなかったんだと考えた。ただ、あんまり細かいことが得意じゃない人間は、えてしてやりすぎてしまう。ふつう、文章を書くときには、自然に切れ目や句点の場所があらわれるものなんだが、意識しすぎると、どうしても余計な記号を入れてわかりにくくしようとしてしまうものさ。この暗号文をよく見てみれば、ことばが不必要にごちゃごちゃしたところが五つあるのがわかるだろう。これをヒントにこの文章を切って、自然な英文になるようにおぎなってみると、こうなる。『僧正の旅籠の悪魔の椅子でよき眼鏡』、『四十一度十三分』、『北東微北』、『東側七番目の大枝』『髑髏の左目から撃つ』『木からまっすぐ弾痕を通って五十フィート』」

「そんな風にならべ変えてわけたところで、まだまださっぱりわからないな」

「二、三日はぼくもそうだったさ」レグランドがいう。「そこでぼくは、サリバン島の近隣をくわしく調べて歩いたんだ。僧正のホテルっていう建物がありはしないかと思ってね。旅籠なんて古臭いことばは最初っから考えなかった。結局、なにひとつ成果がなくて、探索の範囲を広げていった。やり方ももっと組織的に変えてね。

そして、ある朝、とつぜん頭にふと思い浮かんだんだ。僧正の旅籠っていうのは、島から四マイルほど北にいった場所に、昔から古い屋敷を所有していたベソップ家のことをいってるんじゃないかと思ったのさ。そこでぼくはその大農園に足を運んで、その土地の年老いた黒人たちにいろいろききこんでみたんだ。やがて、最も高齢の女性に出くわして、『ベッソプの城』という場所ならきいたことがあるときいたんだ。それで、その場所がどこにあるかも知ってるっていうんだが、そこは城でも宿屋でもない、ただの大きな岩だっていうんだな。

ぼくはその老婆に、手間賃をはらうから、その場所まで案内してくれとたのんでみた。しばらくはしぶっていたけれど、結局は応じてくれた。その場所を見つけるのは、そんなにむずかしくはなかった。老婆が帰った後、ぼくはじっくりそこを調べたよ。

その『城』はごつごつとした不揃いの崖と岩が組み合わさってできていた。そのなかに、その高さといい、孤立しているさまといい、どこか人工的な見た目といい、ひときわ目立つ岩があった。その岩のてっぺんまで登ってみたんだが、ふと、これからどうしたらいいんだろうと、途方に暮れてしまったんだ。

あれこれ考えているうちに、岩の東側に幅の狭い岩棚のようなものがあるのに目がとまった。ぼくが立っていたてっぺんから一ヤードほど下がったところだ。せいぜい十八インチほどのでっぱりで、横幅は一フットほどしかないんだが、ちょうどその上にくぼみがあるものだから、まるでぼくたちの祖先が使っていた背がくぼんだ椅子みたいに見えるんだ。ひとめでそれが、暗号に書かれた『悪魔の椅子』だと確信したね。それで暗号のすべてが解読できたようなものだ。

『よき眼鏡』は望遠鏡以外には考えられない。水夫たちのあいだで、遠眼鏡といえば望遠鏡のことだから。それで、この場所から望遠鏡をのぞけといってるのはまちがいないと思った。『北東微北』は方角を『四十一度十三分』は仰角を示しているのもあきらかだ。ぼくは大いに興奮して、あわてて家にもどり、望遠鏡を持ってまたその岩までもどったんだ。

ぼくはその岩棚におりてすわってみた。そうすると、体が向く方向はひとつに決まってしまうんだ。おかげで、自分の推測が正しいと確信できたよ。そして、望遠鏡を目にあてる。もちろん、四十一度十三分というのは地平線からの仰角にまちがいないし、北東微北が方角なのもまちがいないだろう。ぼくは方位磁石で方角を決め、四十一度十三分と思われる高さに定めた。注意深く上げ下げしながら見ているうちに、遠くに見える大きな木のてっぺんあたりに、丸く開けた場所があるのに気づいた。その開けた場所のまんなかに、なにか白いものがあったんだ。最初はそれがなんなんだかわからなかったんだが、望遠鏡のピントを合わせてよく見ると、人間の頭蓋骨だということがわかったんだ。

それに気づいたとき、もう暗号は解けたも同然だと思ったよ。『東側七番目の大枝』は、その木のどこに髑髏があるかを示している以外には考えられないし、『髑髏の左目から撃つ』の解釈も、宝物を埋めた場所を探すためという観点から見れば、ひとつだけしかないだろう。まずは、髑髏の左目から銃弾を落とし、木のいちばん近い位置から弾痕、つまり弾が落ちた地点を通って、まっすぐ五十フィート離(はな)れた場所の真下に、宝物(たからもの)が埋(う)まっている可能性(かのうせい)があると考えたのさ」

「確(たし)かにすごくよくわかったよ」わたしはいった。「とても巧妙(こうみょう)でありながら、単純明解(たんじゅんめいかい)だ。それで、僧正(ビショップ)の旅籠(はたご)を去ったあとどうしたんだい？」

「その木の位置を念入りに確認(かくにん)して家にもどったよ。ところが、悪魔(あくま)の椅子(いす)を離(はな)れた瞬間(しゅんかん)、丸く開けた場所は見えなくなってしまったし、何度そちらを見ても、ちらりとも見あたらなかった。その後、何度も実験して確(たし)かめたんだが、この宝探(たからさが)しのなかでいちばん巧妙(こうみょう)なのはその点なんだと思ったね。あの丸く開けた場所は、あの岩にある、せまいでっぱりからしか見えないんだという点がね。

　僧正(ビショップ)の旅籠(はたご)へはジュピターもついてきた。ここ数週間のぼくのふるまいを見て、かたときもそばを離(はな)れるわけにはいかないと思ったんだろうね。しかし、次の日、ぼくはいつもよりずっと早起きして、ジュピターをだしぬき、あの木を探(さが)しにあの山へと分けいったんだ。さんざん骨(ほね)を折って、家にもどってきたときには、あやうくジュピターに殴られるかと思ったよ。その後の冒険については、きみもぼくとおなじくらいよく知っているだろう」

「最初きみが、まちがった場所を掘らせたのは、ジュピターが髑髏の左目ではなく右目からあの虫をたらしたからだったんだね？」

「その通りだ。『弾痕』の位置はほんの二インチ半ほどのちがいにしかならないから、もし、宝物が弾の落ちた場所に埋められているのなら、大した問題じゃないんだ。けど、弾痕の位置と木のいちばん近い位置のふたつは、あくまでも方向を示す起点にすぎない。だから、わずかなちがいも線をのばしていくうちにどんどん広がって、五十フィート先になると気配もないってことになるのさ。だけど、心の奥深くで、宝物は必ずどこかこのあたりに埋まっていると信じていなければ、苦労も水の泡になるところだったよ」

「それにしても、とんだ大ぼらを吹いたもんだ！　それに、あの虫を振りまわすようすといったら！　とんでもなく変だったぞ！　てっきり、頭がおかしくなったと思ったんだから。ところできみは、どうして、髑髏からあの虫を落とすことにこだわったんだい？　弾丸じゃなく」

「ああ、あれかい。あれはただ、ぼくなりのやり方で、静かにきみを罰してたんだよ。きみがぼくの正気を疑ってるのは、はっきりわかったからね。ずいぶん、謎めいて見えただろ？　虫を振りまわしたのもそれが理由さ。おなじ理由で、木から虫を落とさせたんだ。きみがあの虫のことをずいぶん重いといっていたから、思いついたんだけどね」

「なるほど、そういうことか。それから、あともうひとつ、よくわからないことがあるんだ。あの穴で見つけた骸骨は、いったいなんだったんだい？」

「きみとおなじように、ぼくにだってわからないな。とはいえ、考えられるのはひとつだけだろう。あんまり残酷な話で、ぞっとするんだけどね。あの宝物をかくしたのがほんとうにキッド船長だとすると、キッド船長には当然手助けした手下がいたはずだ。そして、作業が終わったとき、キッド船長は、この秘密にかかわったものを、すべて消してしまえば都合がいいと思ったんじゃないかな。穴のなかで忙しく働いている手下の頭に、つるはしで一、二発も食らわせば、それで十分(じゅうぶん)だっただろう。まあ、十発ほども必要だったかもしれないが、それはだれにもわからないことだよな？」

The Gold-Bug

訳者あとがき

エドガー・アラン・ポーは、一八〇九年、旅役者の次男として、アメリカのボストンで生まれました。二歳のときに母が死去し、そのときには父は失踪してしまっていたため、アラン家の養子となります。賭博でこしらえた借金のせいで大学を中退したのち、十八歳でアメリカ陸軍に入隊。二十二歳で陸軍士官学校を退学したときには、すでに三冊の詩集を出版していました。その後は雑誌の編集者などをしながら、短編小説家としてめきめきと頭角をあらわし、数々の名作を生みだしていきます。しかし、一八四九年、わずか四十歳にして早すぎた死を迎えます。その死は謎めいていて、のちにさまざまな憶測から小説が書かれたり、映画も作られているところなど、いかにもポーの最期にふさわしいといえるのかもしれません。

ポーの作品の趣向は幅が広く、世界初の探偵小説といわれる『モルグ街の殺人』をはじめとした名探偵デュパンもの（残念ながら今回は収録していません）や『黄金虫』などの一連のミステリー作品、『黒猫』に代表される恐怖小説的要素の強い作品群や、『楕円形の肖像画』、『赤い死の仮面』など、幻想小説、ファンタジーといってもいい不思議な味わいのものもあります。もちろん、『週に三度の日曜日』や『スフィンクス』のように、オチのきいた正統派の短編小説も。今回はそうしたポーの多彩な作品をバランスよく取り上げることを意識して編んでみました。

私事で恐縮ですが、ホラー映画は大の苦手です。学生時代、名画座で立ち見（そんな時代があったんです）でキューブリック監督の『シャイニング』を観たときには、あまりの怖さに貧血を起こして倒れこんでしまったこともあるほど。デートの最中だったというのに……。その後、怖い映画を極力避けるようになったのはいうまでもありません。

そんなわたしですが、怖い物語を読むのは大好きです。今回取り上げた『落とし穴と振り子』は子ども時代に読んで強烈に印象に残っているもののひとつです。読み終えた日の夜、自分が台の上にしばりつけられ、すこしずつおりてくる振り子を見上げている悪夢にうなされるという経験をしたのですが、それはけっしていやな記憶ではなく、むしろ甘苦いなつかしい思い出となっています。願わくば、本書を読み終えた今晩、読者のみなさんにも悪夢が訪れんことを。

本書の翻訳にあたっては、編集の大石好文さん、小宮山民人さんにお世話になりました。ありがとうございました。

二〇一六年一月

千葉茂樹

訳者
千葉茂樹（ちば・しげき）
1959 年、北海道生まれ。国際基督教大学卒業。出版社勤務を経て、翻訳家になる。訳書に「オー・ヘンリー　ショートストーリーセレクション」（全 8 巻）、『スターガール』、『HOOT』、『マルセロ・イン・ザ・リアルワールド』、『ブロード街の 12 日間』などがある。

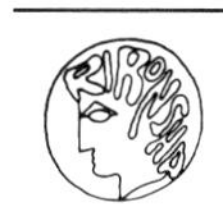

世界名作ショートストーリー⑤
ポー　黒猫

2016年2月初版
2016年2月第1刷発行

作者　ポー
訳者　千葉茂樹
画家　佐竹美保
発行者　齋藤廣達
発行所　株式会社 理論社
〒103-0001　東京都中央区日本橋小伝馬町9-10
電話　営業 03-6264-8890
　　　編集 03-6264-8891
URL http://www.rironsha.com

デザイン……モリサキデザイン
組版…………アジュール
印刷・製本…中央精版印刷
編集…………大石好文　小宮山民人

ISBN978-4-652-20103-9　NDC933　B6判　19cm　198P

世界名作ショートストーリー

1 モンゴメリ

白いバラの女の子　代田亜香子・訳

天国までつづく本当の愛とは？「赤毛のアン」の作者がおくる短編集。

2 サキ

森の少年　千葉茂樹・訳

森に突然あらわれた野生児の正体は？　シニカルでブラックな短編集。

3 モーパッサン

首飾り　平岡敦・訳

友人の首飾りを無くした女性の運命は？　フランス自然主義の短編集。

4 ヘルマン・ヘッセ

子ども時代より　木本栄・訳

あの日の記憶が、よみがえる！
少年時代のこころを描写する短編集。

5 ポー

黒猫　千葉茂樹・訳

動物好きの男が抱いた殺意とは？
謎めく作家がおくる多彩な短編集。